Die Schwestern vom Vinnbusch

AF222345

Prolog

Wir Schwestern sehen uns äußerlich ziemlich ähnlich, aber eine ist einige Jahre jünger,
eben die Jüngere, mit wunderbar kastanienbraunen Haaren, reitet wie verrückt, hat einen süßen und außergewöhnlichen 2 ½ jährigen Sohn, liebt Natur und Tier, deshalb auch der große schwarze Hund Falco und das Pferd Boy, und arbeitet in Moers bei der Stadt.
Die Andere,
etwas älter, hat keinen Sohn und auch keinen Mann mehr, dafür aber ein Geschäft in Duisburg und zwei Katzen und liebt Bücher wie verrückt.
Beide wohnten in der Umgebung von Moers und als eben die Jüngere auch keinen Mann mehr hatte, aber noch Sohn und Hund, wandelte sich das Leben und nachdem die Jüngere ein altes Bauernhäuschen mit riesigem Garten zur Miete fand, fand die Ältere die Idee gut und mit riesigem Eifer stürzten sich beide in ihr gemeinsames neues Leben.
Das Leben am Vinnbusch.
Dies sind die Geschichten vom Leben am Vinnbusch mit Kind, Hund, Katze, Maus... fröhliche, komische auch nachdenkliche Erlebnisse und Familienbegebenheiten zum schmunzeln.
Das normale, alltägliche Chaos, aus einer besonderen Lebensphase, die erst durch ernste Umstände entstand, aber sich dann zu einer herrlichen Zeit entpuppte für die Schwestern und für Janni.

Brigitte Menzel-Kaschel
Gudrun Kaschel

„Die Schwestern vom Vinnbusch"
Biographie
Geschichtenbuch

Die Deutsche Nationalbibliothek verzeichnet diese Publikation in der Deutschen Nationalbibliografie; detaillierte bibliografische Daten sind im Internet über http://dnb.d-nb.de abrufbar.

Copyright 2008 **Brigitte Menzel-Kaschel**
Gudrun Kaschel
Herstellung und Verlag:
Books on Demand GmbH, Norderstedt
Cover / Artwork Jannik Kaschel
ISBN: 9783837046946

Hör mal Gitta, war die Zeit da am Vinnbusch wirklich so unbeschwert oder nur in unserer Erinnerung?"

„Im Grunde war sie so, hier und da Alltäglichkeiten, aber keine richtigen Sorgen oder Probleme und die Wünsche, die wir hatten, konnten wir uns selbst erfüllen – das war Glücklichsein."

Na dann Prost:

„Rosen, Lippen, Mädchen, leichtfüßige Jungs..."

Wie alles begann

Es war Samstag und ich hatte mir im Geschäft frei genommen, um meine kleine Single-Wohnung zu streichen. Die Wände hatten es nötig – nach drei Jahren. Inzwischen überwog der Grau-Anteil der ehemals weißen Wände und sie waren üppig versehen mit Kratzspuren meiner nervig – autistischen, schwarzen Katze „Salino", auch" Salinschen" genannt, in bestimmten Situationen auch „olles Kaugummi". Sie war klein und ebenmäßig, zierlich und erinnerte mich an eine Geisha – aber nur rein äußerlich – denn die Sanftmut und Höflichkeit einer Geisha waren bei ihr komplett ins Gegenteil geraten. Sie war eine feurige Furie, absolut eigensinnig und wie gesagt autistisch. Alles musste genau so bleiben wie es war, jede noch so winzige Veränderung verstörte sie zutiefst und forderte sie sofort zum kreischen, kratzen, beißen und fauchen heraus, auch konnte ich sie kaum streicheln, ganz zu schweigen von „auf den Arm nehmen", was natürlich den jährlichen Tierarztbesuch erheblich erschwerte. Von Fremden angefasst zu werden - um Gottes Willen, da wurde gekämpft, bis Blut floss und jeder sein Vorhaben aufgab, nun ich kann nicht sagen, dass ihre Art mich fröhlich stimmte. Besonders fröhlich stimmte mich eines abends der Anblick meiner immer gut aufgeräumten Wohnung beim nach Hause kommen – Wohnzimmer, Küche, Diele – einfach alles lag unter einer hellgelben Puderschicht. Irgendwie hatte mein Salinschen den Küchenschrank aufbekommen und mit meinen 12 Kartoffelklößen in handlichen Fertigbeuteln „Katz und Maus" gespielt. Natürlich zerriss dabei sofort das zarte Vlies, was ich ja auch hocherfreut bestaunen durfte. Sehr gleichmäßig hatte sie das heraus fallende Kartoffelmehl verteilt, ja sie war wirklich sehr tüchtig, fleißig und hyperagil.
Vor einigen Wochen hatte ich noch ein acht Wochen altes Kätzchen von einem Bauernhof geholt, in der Hoffnung, Salines Tageseinsamkeit zu verringern und ihre seelische

Zufriedenheit zu steigern. Die Kleine nannte ich „Teasy", sie war sehr schüchtern und scheu. Vom ersten Tag an rannte sie bettelnd hinter Salinschen her, um mit ihr und bei ihr zu schmusen. Sie dachte wohl, es wäre ihre Mama. Von mir wollte sie überhaupt nichts wissen. Nur Salinchen zählte und die war wie immer störrisch, eigensinnig und sehr frech. Aber Teasy gab nicht auf. Tag für Tag rannte sie bettelnd und maunzend hinter Salinschen her. Irgend wann erweichte sie Salinschens Herz und sie ließ sich gnädig herab, sich mit ihr anzufreunden. Manchmal ließ sie sogar die kleine Teasy an ihren Zitzen nuckeln und Teasy seufzte wohlig. Salinchen aber in ihrer Art blieb so wie eh und je.

So nun wollte ich ja streichen, denn selbst ist die Frau – ich war ja wieder Single. Nach meinem Auszug aus der damals gemeinsamen Wohnung mit meinem Freund, zog ich erst einmal als Notbehelf zu meiner Schwester Gudrun und ihrem Freund Kalli. Das war eine fröhliche und lustige Zeit, abgesehen vom Trennungsschmerz, barg aber auch einige Problematik, für mich und meine Schwester nicht, aber ihr Freund fand es nach einiger Zeit doch etwas störend, mit Schwester. Einmal schon standen wir heulend mit meinen gepackten Siebensachen auf dem Bürgersteig, worauf er sich von unserem Geheul erweichen ließ und mich und mein Gepäck wieder herein holte. Sie und ich, wir klebten aneinander, wir sprachen dieselbe Sprache, lachten über dieselben Dinge, halfen uns gegenseitig, erzogen uns gegenseitig, ein Wort – ein Gedanke, jeder war der anderen ihr SOS. Monate später fand ich dann endlich eine geeignete Wohnung. Am Umzugsabend, ich saß alleine zwischen meinen Kartons, schellte es an meiner Haustüre, etwas verdutzt öffnete ich und vor mir stand ein Bote mit einem Telegramm. Nervös öffnete ich es. Ich war baff, es war von meiner Schwester, eine Einladung zum Abendessen, jetzt gleich sofort bei ihr und ihrem Freund. Ratzfatz saß ich in meinem Auto, ich freute mich über diese Überraschung. „Och" sagte meine Schwester, ich hätte ihr Leid getan, so alleine in der neuen Wohnung am ersten Abend und dann auch noch ohne Telefon. Mit ihrem Freund hätte sie hin und her überlegt, wie sie mich erreichen könnten, dann die Idee mit dem Telegram, aber das dann in die Tat umzusetzen, war gar nicht so einfach gewesen, die Telegramm-Boten wären nur bis 20 Uhr unterwegs, außer in ganz wichtigen, dringenden Fällen. Sie hätte ihre ganze Überredungskunst aufbringen müssen, ja – es wäre absolut und überaus lebenswichtig – dieses Telegramm. „Na gut" sagte der Mann dann bei der Telegrammaufnahme „Geben Sie mir den Text durch". Text lautete: Heute Abend bei uns chinesisch Essen STOP Hast Du Lust STOP Gudi u. Kalli STOP.

Aber wieder zurück zum Wohnung streichen. Ich machte mir einen Kaffee und überlegte, was ich alles dafür einkaufen musste. Gut gelaunt suchte ich Zettel und Stift für die Einkaufsliste zusammen. Mir ging es gut. Ich hatte den Trennungsschmerz überwunden, fühlte mich wohl in meiner Wohnung, hatte eine Aufgabe, mein Geschäft und besonders glücklich machten mich die Besuche bei meinem kleinen Neffen und Patenkind Janni (meine Schwester erwartete ein halbes Jahr nach meinem Auszug aus ihrer Wohnung - ein Baby.

Im April kam es zur Welt. Das süßeste und niedlichste Baby, das man sich vorstellen kann. Und das ist so geblieben. Nicht, weil ich oder meine Schwester wie blind vor Liebe waren, nein, es war wirklich so. Fremde Menschen blieben auf der Straße stehen, sprachen ihn und uns an, waren entzückt und hingerissen, wenn sie Janni sahen. Er hatte so eine niedliche kleine Gestalt, zarte goldene Löckchen schwebten um sein Gesichtchen. Dunkelbraune große, sanft glänzende Augen, mit langen dunklen Wimpern. Das Näschen, das Mündchen, die Wangen – alles war so ebenmäßig, fein und zart und wunderschön geformt. Seine Stimme hell und klar, so sorgfältig die Worte betonend. Nur mit dem „S" hatte er Schwierigkeiten, aber das war auch so putzig, weil er es als „Sch" aussprach (Ich gehe auf die Schraße spielen oder da im Fernsehen, da ist die Schrandpolizei). Er sagte auch nicht Gitti zu mir sondern „Ditti". Sich selber nannte er „Janni-

Janockel". Er hatte seinen Vor und Nachnamen so verstanden und sich so seinen Gesamtnamen kreiert. Sein ganzes Wesen, seine Art und Weise waren so liebreizend, wenn er sich ganz ernsthaft mit mir oder Anderen unterhielt.

Ich war meiner Schwester dankbar, dass sie mich so viel Anteil an Janni nehmen ließ. Wie beglückend doch so ein kleines Kind ist, dachte ich. In diesem Moment schellte das Telefon, meine Schwester war dran – ihr Entschluss stand fest, sie wollte sich von ihrem Freund trennen, nach acht Jahren war es endgültig aus.

Aber wohin sollte sie gehen, mit ihrem kleinen Sohn und dem Riesenhund.

„Ihr kommt erst einmal zu mir. Hier ist es zwar klein, aber für einige Zeit wird es schon gehen" sagte ich, „tagsüber bin ich eh nicht da, sondern im Geschäft, da habt ihr die Wohnung für euch alleine und ich schlafe solange im Wohnzimmer auf der Sonnenliege".

Ja, und so haben wir es gemacht.

Entschlackung

Im August 1993 trennte ich mich von meinem Freund Kalli. Mit unserem zwei jährigen Sohn Jannik zog ich bei meiner Schwester Gitta ein, die auch schon seit einiger Zeit von ihrem Freund getrennt lebte und alleine ein schönes Appartement mit einer großen Terrasse im Grünen bewohnte. Das Appartement bestand aus einem großen hellen Raum mit einer offenen Küche, durch eine Theke von dem Wohnzimmer getrennt. Zusätzlich gab es noch einen großen Flur vor dem Badezimmer, das Badezimmer selber und halt die riesige Terrasse. Vollkommend ausreichend also für Gitta und ihre beiden Katzen Saline und Teasy. Saline eine komplett verwirrte (fast gefährliche) schwarze Katze, mit starker Neigung zum Autismus und Teasy ein kleines, zartes, schüchternes grau getigertes Bauernkatzenmädchen. Aus Rücksicht auf diese beiden Katzen ließ ich erst einmal meinen dicken Falco (einen riesigen, schwarzen dicken Bouvier) bei meinem Exfreund zurück. Zudem war Gittas Wohnung für sie und die beiden Katzen ausreichend und groß genug, aber Janni und ich mit unseren Taschen, Koffern und unserer Anwesenheit sprengten fast die Wohnung. Kurzerhand wurde ein Bett in den Flur vor das Badezimmer gestellt, in dem Janni und ich schlafen konnten, außerdem war es ja noch Sommer und wir hielten uns die meiste Zeit auf der Terrasse auf. Wir aßen ungesunde fettige Sachen aus der Pommesbude, tranken dazu Bier oder Wein und hinterher, weil ja alles so fettig war und wir so sehr satt waren, etliche Gläschen „Jagdstolz".

Wir wissen heute noch nicht genau warum, aber irgendwie kamen wir auf die Idee „Wir müssen entschlacken, unseren Körper und unseren Geist." Heilfasten, wahrscheinlich um ein neues Leben ohne Gifte in unserem Körper und ohne Männer zu beginnen.

Am gleichen Tag noch schrieben wir auf unsere Einkaufsliste, welche Lebensmittel wir für unseren gesunden und fitten

Neuanfang brauchten: Glaubersalz aus der Apotheke (um den Darm zu reinigen und die Entschlackung so richtig voran zu treiben), Fruchtsäfte von A wie Ananassaft bis Z wie Zitronensaft, etliche Gemüsebrühen und Gemüsesäfte. Bepackt wie die Esel und um einige DM aus der Haushaltskasse leichter (unsere Kur sollte 7 Tage dauern) schleppten wir unsere Tüten und Taschen nach Hause und konnten kaum den nächsten Tag abwarten, um mit unserer Entschlackung zu beginnen. Selbstredend, dass wir vorher noch unsere Wein- und „Jagdstolz" -Vorräte leerten.

Doch unsere Begeisterung hielt jetzt nicht sooo lange an, schon am nächsten Morgen wurde sie durch das Glaubersalz, eingerührt in lauwarmes Wasser, stark eingeschränkt und abends tranken wir zwar willig, aber doch schon leicht angeekelt, die siebte Flasche Sauerkraut bzw. Gemüsesaft (extra ohne Salz).

Der zweite Entschlackungstag zerrte an unseren Nerven und Innereien, gequält, aber fest entschlossen schlürften wir an unseren Säften und Brühen, uns selber gegenseitig beteuernd und aufbauend, wie gut es uns doch nach sieben Tagen gehen MÜSSTE. Wir malten uns aus, wie frisch, gereinigt und klar wir uns nach dieser Kur fühlen würden.

Körper und Geist – wie NEUGEBOREN.

Der dritte Entschlackungstag begann und keiner von uns fühlte sich auch nur einen Deut besser als an irgendwelchen normalen Tagen ohne Entschlackung – im Gegenteil, absolut verquollen, schlecht gelaunt und mutlos tranken wir unsere Frühstücksbrühe und etliche gesunde Säfte. Innerlich machten sich Zweifel breit: Was, wenn das bei uns gar nicht wirkte? Wenn wir aus unerklärlichen Gründen NICHT gereinigt, geistig fit und super gelaunt aus der Kur hervorgingen. Wenn das bei uns einfach nicht anschlug? Und, ging es uns vor der Kur denn wirklich so schlecht? Heute war erst der dritte Tag und wir hatten noch VIER Tage vor uns, wie sollten wir das denn bitteschön überstehen? Tapfer tranken wir uns durch den Mittag und den Nachmittag. Gegen Abend waren wir uns auch überhaupt gar nicht mehr so sicher, ob eine Entschlackung überhaupt so gesund ist, wie es immer behauptet wird (vor allem, weil wir ja, inzwischen sehr wackelig auf den Beinen und kreislaufmäßig etwas angeschlagen, doch weiterhin unsere ein bis zwei Schachteln Zigaretten rauchten), es war uns auch nicht mehr so ein dringendes Bedürfnis, unter allen Umständen einen gereinigten Körper und Geist zu besitzen, vor allen Dingen, wenn die Umstände von uns verlangten, weiterhin nicht kauen zu dürfen. KAUEN, ja richtig kauen wollten wir... wortlos sahen wir uns an, stießen unsere Frucht- und Gemüsesäfte von uns weg, so dass sie aus den Tassen schwappten und fuhren mit dem Auto!!! zum um die Ecke gelegenen Imbiss.

Mh... wie das roch... Hähnchen, Pommes, Mayonnaise (doppelt!!!), Bier, Wein und guck` mal, so kleine Fläschchen Jagdstolz gibt es hier auch...

Wenn meine Schwester Träume hat

Da mein Appartement für uns alle zu klein war, wir ja momentan auch „männerlos" waren und einige Zeit auch bleiben wollten, überlegten wir, ob wir eine Weiberwirtschaft gründen sollten. Das bedeutete eine größere Wohung, in der wir alle Platz fanden. Von je her war es ein Wunschtraum meiner Schwester Gudrun, ein Häuschen auf dem Lande zu besitzen, am liebsten wäre ihr ein Bauernhaus mit Pferdestall, sie war nämlich Pferdenärrin. Als Kleinkind galoppierte sie schon wiehernd mit Pferdeschwanzfrisur durch die Wohnung und rief immerzu: Weht er, weht er? Gemeint war ihr Pferdeschwanz, der wie ein Pferdeschweif beim Galopp hinter ihr her wehen sollte.

Wenn meine Schwester Wunschträume hatte, konnte sie sich darin sehr versteifen, da war sie der Prototyp eines „Steinbocks"(Sternzeichen), obwohl sie dies gar nicht gerne hörte. „Gräulich - abscheulich, sämtliche Charakterisierungen des Steinbockes sind deprimierend. Eine griesgrämliche, miesepetrige, düstere, graue Type und das soll ich sein? Das lehne ich entschieden ab!" „Genau" sagte ich dann und grinste. Und wirklich, sie konnte richtig leuchten, wenn sie es wollte. Sehr hübsch, üppige rot-braune Haare, tolle Figur (Männerblicke), eine winzige Spottlust um den Mund, eine dreckige, fette Lache, viele Freunde und Verehrer, charmant, trotzig, schlagfertig, beharrlich und stur, temperamentvoll, fröhlich, übel-launig, witzig, Gartenfreund und Pferdenärrin. Mal souverän, locker, entspannt, mit den Beinen auf dem Tisch, die Füße in dicken Socken, pure Lebensfreude aber auch mal „Nein, wie schrecklich, ich möchte heute nur in einer Ecke auf dem Boden sitzen, Nachthemd an, Haare strubbelig machen, Wimperntusche verreiben und Bettlaken übern Kopf". Davon wieder aufgetaucht, energisch und wie gesagt eigensinnig, wenn sie sich etwas in den Kopf gesetzt hatte und diesmal war es das besagte Häuschen auf dem Land, das Pferd dazu besaß sie schon. Es war ein junger, eigenwilliger Traber, den sie vor dem Schlachter rettete. An Trabrennen konnte er nicht mehr teilnehmen, da er zwar sehr, sehr schnell, aber leider meist in andere Richtungen, als die ihm vorgegebenen trabte.

Bei einem Ausritt über die am Stall gelegenen Felder fand sie ES – ihr Traumhäuschen!!!! Unbewohnt stand es da.

Sofort wurden alle Fühler ausgestreckt, der noch uns unbekannte Besitzer mit Briefen und Zetteln bombardiert, das Haus wurde systematisch von ihr observiert und dann plötzlich erwischte sie ihn - den Besitzer des Hauses!

Mit einem Einmachglas voller Gurken unter dem Arm schlenderte er arglos über den Hof. Er war ein älterer, kautzig - brummiger, wortkarger Mann. Nein - er wolle nicht vermieten. Das Haus wäre auch noch komplett eingerichtet. Seine alte neunzigjährige Mutter hatte ihr gesamtes Leben bis zu ihrem Tode in diesem alten Grafschafter Häuschen verbracht.

Aber meine Schwester hatte sich ja darin versteift, dieses Haus sollte es sein, ansonsten gar nichts, gar nicht hilflos änderte sie prompt ihre Taktik. Sie bettelte und jammerte „Ich habe mich aber doch in das Häuschen verliebt, sie müssen es mir vermieten, aber nur mir, das ist doch MEIN Haus. Ich mache auch alles, renoviere, sie haben keine Arbeit und keinen Ärger damit." Und in dieser Litanei ging es weiter, bis sich dieser ältere Mann nicht mehr wehren konnte und ihr das Haus, so wie sie es sich in den Kopf gesetzt hatte, noch am gleichen Tag vermietete.

Vinnbusch stellt sich vor

An einem kühlen Novembertag stellte mir meine Schwester Gudrun das Häuschen, weil die Schlüsselübergabe noch nicht stattgefunden hatte, von außen vor.

Die Straße, eher ein Feldweg, an dem das Haus stand, hieß „Am Vinnbusch".

Es gab einen riesigen Garten, total verwildert, mit jeder Menge Obstbäumen und eine hohe Hecke rahmte das Grundstück ein. Der Garten, war von der alten Dame, wie vor hundert Jahren, zum Gemüse-, Kartoffel- und Obstanbau angelegt. Es gab Kirsch-, Birnen-, Pflaumen-, Aprikosen-, Pfirsich- und Apfelbäume, Stachelbeeren, Johannisbeeren und sämtliche Gemüsesorten. Fast in der Gartenmitte stand ein riesiger alter Kirschbaum, seitlich davon eine kleine wackelige Garage. Dahinter meterhohe Birnbäume, zwischendurch Abgrenzungen aus Betonpfeilern, Maschendrahtzäunen - alles wackelig, krumm und verrottet. Eine hintere Gartenecke war wie ein Wäldchen mit jungen Bäumen bepflanzt. Ansonsten standen knie-hoch Gras und Brennnesseln überall auf dem Grundstück. Das Haus selbst war aus roten Ziegelsteinen und hatte dieses alte berühmte Grafschafter Dach, das wie eine Glocke aussah. Ein altes, schiefes Gartentor ließ uns in den Garten. Wir hüpften, sprangen und hielten uns gegenseitig „Teufelsleiter", um in die Fenster sehen zu können (das Haus war Hochparterre gebaut). Meine Schwester sagte ständig "Ja leider kannst du nicht viel sehen", weil die Räume komplett mit Möbel ausge- und überfüllt waren und man daher die Räume nicht richtig einschätzen konnte. „Und dieser Raum hier, der soll auch eine Türe und ein Fenster haben, aber ich kam bei der Besichtigung nur drei Schritte in das Zimmer, schon bremsten mich Schränke, Betten und Tische. Aber es ist alles wunderschön". Schöne alte, aber verwitterte Fensterläden, alte Sprossenfenster mit Oberlichtern - aber richtig in die Räume sehen konnten wir trotzdem nicht. Hinten am Haus war ein kleiner ebenerdiger Anbau, das war die Küche, durch zwei niedrige Fenster sahen wir, dass es nach links zwei Stufen hoch, sehr wahrscheinlich in den Flur ging, der auch zur Haustüre führte. An den Küchen-Anbau war noch ein kleines Häuschen mit Spitzdach angebaut, das auch mit der Küche durch eine Tür verbunden war. Eine Tür führte aus diesem kleinen Häuschen in den Garten hinaus und auch hier gab es wieder die hübschen Sprossenfenster mit Blick in den Garten. Das Zimmer in diesem Anbau war recht groß, aber auch vollgestellt mit alten Schränken, Herden, Kühlschränken, Waschbottichen, Regalen und anderem undefinierbaren Kram.

„Das wird mein Zimmer" rief ich, "da kann ich morgens gleich im Nachthemd in den sommerfrischen Garten." Das kam auch so - nur vollkommen anders. Wir strahlten. Unser Vinnbusch - da hatten wir ihn – unseren Vinnbusch.

„Jetzt kommt was ganz ekeliges" rief Gudrun. Das kleine Häuschen mit dem Spitzdach, das einmal mein Zimmer werden sollte, hatte zusätzlich noch einen kleinen Anbau mit doppelten Scheunentüren, die sich öffnen ließen. Und es war wirklich gruselig: dunkel, verhangen mit Spinnweben, voll gestellt mit alten Gartengeräten und Gerümpel, mit Leitern und Holzklötzen ließ sich kaum wirklich etwas erkennen und unser erster Gedanke war: „Iih, Spinnen, Mäuse und Ratten". Ganz hinten in dieser kleinen Scheune schimmerte ein alter Hühnerverschlag noch mit Federn und Mist und einem winzigen Hühnerausstieg. Vorsichtig und angeekelt tappten wir in dem Scheuneninneren herum, um alles zu begutachten. Falco, der nicht mit in die Scheune sollte, preschte an uns vorbei um die kleine Scheune herum, sprang in das Kompostbeet und quetschte flugs von außen, um uns nicht aus den Augen zu lassen, seinen riesigen, dicken Zottelkopf durch den Hühnerausstieg und steckte fest.

Wir standen in der fiesen Scheune und sahen uns ganz vorsichtig um, mit der Angst im Nacken, uns könnte eine Ratte o.ä. anspringen, da sahen wir Falco´s eingeklemmten Kopf, stur geradeaus gerichtet, unfähig seinen Kopf zu bewegen, um uns jedoch sehen zu können, mit einem Auge in unsere Richtung schielend, so dass nur noch das Weiße in seinem Auge zu sehen war, und er aussah wie ein Blödmann. Wir verhöhnten ihn, wie er da so stand, wie es später auch unsere Katzen taten, die hier in der Scheune ihr neues Katzenhaus bekommen sollten. Im Geiste sahen wir uns schon mähen, roden, umgraben, streichen und vor allen Dingen ENTRÜMPELN. Wir liebten ordentliche Arbeit in Gummistiefeln. Wir waren gespannt, welche gruseligen Überraschungen uns dabei erwarteten und wir wurden nicht enttäuscht.

Die erste Überraschung war „Kohleöfen", wir mussten heizen, wie im vorherigen Jahrhundert, also Kohlen in Eimer schüppen und die Eimer aus dem Keller schleppen, Ofen anzünden und hoffen, dass er angeht, dass er zieht, dass es warm wird und dann wieder weg mit dem Dreck (Asche). Und das ganze fünf bis acht Mal am Tag. Aber wir freuten uns darauf wie die Schneekönige.

Kurz nach dieser Besichtigung verreiste ich für einige Tage nach Soest. Ich hatte meinem Bruder versprochen, ihm eine Woche auf dem Soester Markt in seinem Gewürzhandel zu helfen. Zufrieden fuhr ich danach wieder nach Hause, schon sehr gespannt, was Gudrun inzwischen mit dem Bauernhäuschen angestellt hatte. Wie immer halfen unsere Eltern bei unseren zahlreichen Umzügen und Renovierungen, sie hatten es aber auch diesmal nicht weit, denn der Vinnbusch befand sich ja in unserem Heimatdorf und die Eltern wohnten in einem eigenen schönem Haus mit großem Garten am entgegengesetzten Ende des Dorfes. Wir waren schon eine Plage für sie. Unser armer Vater stöhnte: "Umzüge und Autos." Aus allen Ecken des Ruhrgebietes hatte er uns schon mit dem Auto abschleppen müssen, wenn unsere Klapperkisten wieder einmal den Geist aufgaben.

Unsere Mutter war begeistert. Das Haus erinnerte sie an ihr eigenes Elternhaus. Mit verzückten Augen ging sie durch das Haus und rief immerzu: „Wartet mal, das wird ein

Puppenstübchen, ein Schmuckkästchen. Wartet mal ab."
Hinterrücks verdrehten wir die Augen. Später machte es ihr
im Sommer große Freude, auf dem Fahrrad zum Vinnbusch
zu fahren, einen leckeren Frühstückskorb am Lenker, mit
frischen Brötchen, selbst gemachter Marmelade und anderen
Leckereien, um gemütlich mit uns im Garten zu frühstücken.
Sie hat immer wunderbar gekocht und gebacken. Das Größte
waren für Janni immer ihre Apfelpfannekuchen, Apfelpizza
gennant. Die mussten stets gebacken werden.
Nun, aber von der Hausumgestaltung hatten wir unsere
eigenen Vorstellungen, das Haus war ideal, wenn man das
Haus durch die Haustüre betrat, kam man in einen Flur, der
vier Türen hatte und eine breite Treppe, die nach oben ins
Dachgeschoss führte. Die erste Tür rechts führte in Janniks
Zimmer, von da aus ging es in Gudruns Zimmer, von da aus
in unser zukünftiges gemeinsames Wohnzimmer und von da
aus wieder in den Flur. Super, man konnte im Kreis gehen.
Die dritte Tür ging in den Keller, die vierte Tür zwei Stufen
hinunter in die Küche und von da aus ging es in mein
Zimmer bzw. in den Raum, der einmal mein Zimmer werden
sollte.

Das Auto und der Stockschirm

Unser Bruder wechselte vom Vermessungstechniker ins Marktgeschäft über, erst mit Obst und Gemüse, dann später mit Gewürzen. Deshalb beschickte er auch Wochenmärkte. Ein besonders großer Markt war im November in Soest und dauerte acht Tage. Alles Personal musste mit und ich bot auch meine Hilfe an, als eine der letzten Lebenden aus dem alten Drogistenberuf. Erschöpft, müde und zufrieden fuhr ich nach diesen acht Tagen wieder nach Hause. Der Markt war anstrengend gewesen, ein Zwölfstundentag, aufregend, aber auch fröhlich. Täglich gab es viele kuriose Kundenbegegnungen. Abends gingen wir alle zusammen essen und hatten untereinander jede Menge Spaß. Unser Bruder, ein erfolgreicher Geschäftsmann, hatte so eine gewisse Ähnlichkeit mit Magnum (Tom Selleck), zwar nicht ganz so wuchtig, aber vom Aussehen sehr ähnlich. Auch seine Art, so zu Grinsen und zu witzeln waren typisch und er war immer begeistert darauf aus, etwas Verrücktes anzustellen. Karin, seine Frau, blond, sehr schlank, sehr groß, stakste immer lachend, wie eine Giraffe auf ihren superschlanken Beinen, mit großer Energie und mathematischem Kopf hinterdrein. Ihre beiden Mädchen, die ältere Nina, neun Jahre alt, auch blond, Tier- und Pferdenärrin (überhaupt alles liebend, was mit Natur zu tun hat). Alle Tiere, die sie besaß oder fand, wurden gehegt und ausgiebig umsorgt. Besondere Freude machte es ihr, ihren Tieren Kunststücke beizubringen, selbst vor den Fischen im Aquarium machte sie nicht halt, die mussten erst durch einen Kochlöffel mit Loch schwimmen, bevor sie gefüttert wurden. Die jüngere Jenny, fast zwei Jahre, ein roter Lockenkopf, dünn wie ein Stöckchen (sie musste abends mit Hosenträgern und Gürteln ihren Schlafanzug befestigen, damit er hielt), aber mit einer Energie und eigenem Kopf, wie ein kleiner Tiger, den ließ sie schon mal an den Katzenbabys aus, wie ich zufällig beobachten konnte. Da hatte sie das kleine, strampelnde, kratzende, fauchende Kätzchen fest mit einer Hand gepackt, schüttelte es tüchtig und sagte drohend und grimmig: „Na warte, dich werd ich schon zähmen."

Ach, die Familie. Jetzt war ich trotzdem froh, mit meinem kleinen roten Flitzer nach Hause zu düsen. Der Flitzer war ein 2-Sitzer Cabrio und ein Oldie. Eigentlich verrückt von mir, mir dieses Auto gekauft zu haben. Erstens - zu luxuriös, zweitens - ein Schönwetter-Auto und drittens - es passte gar nichts hinein, außer mir und meiner Handtasche. Die Handtasche – eine überlebenswichtige und überaus notwendige Einrichtung (wie jede Frau weiß). Mit allem Notwendigen bestückt, halt mit allem, was man so täglich braucht zum Überleben.

Kaum sitzt man im Auto und ist los gefahren, braucht man unbedingt etwas Wichtiges aus der Handtasche, z.B. die Tempos, um die Frontscheibe klar zu wischen (immer wieder erstaunlich, wie klar doch so eine Scheibe eigentlich sein kann), die Sonnebrille, die natürlich auch erst einmal geputzt werden muss, den Lippenstift, die Zigaretten, das Feuerzeug, den Terminkalender und und und. Was aber wirklich fehlt in der Handtasche, ist der Kompass, um sich in der Tasche zurecht zu finden. Tausendmal hat man genau das in der Hand, was nicht gesucht wird, möchte man aber das, was vorher ständig da war, findet man dieses zum „verrecken" nicht mehr. Wutentbrannt schüttet man letztlich erschöpft den gesamten Inhalt auf den Beifahrersitz, wobei leider das Wichtigste in den Fußraum fällt und unter den Sitz rollt. Zähneknirschend, Zigarette mit links haltend, wühlt man mit rechts den Sitz ab, den Fußraum und guckt ab und zu, zur genauerer Orientierung, wo sich das „Ding" befindet, welches man sucht, unter den Sitz. Genau in der hintersten Ecke unter dem Beifahrersitz steckt das Ding fest, weiter Gefrassel, gottlob man hat es endlich, Handtasche wieder einpacken, einparken und schon ist man wieder am Ziel der Fahrt angelangt, ging eigentlich ganz schnell. Wenn uns jemand fragt, wie lange die Fahrt von A nach B gedauert hat, kommt die Antwort wie aus einem Mund: "Bis ich meine Handtasche sortiert habe, wenn ich mit der Handtasche fertig bin, bin ich auch angekommen."

Da waren wir uns absolut einig, meine Schwester Gudrun und ich, auch bei der Lebensweisheit: „Dreiviertel des Lebens geht für Sucherein in der Handtasche drauf."

Zurück zum Auto – eigentlich hätte ich mir ein ordentliches, normales und ständig funktionstüchtiges Auto kaufen müssen, aber – Liebe auf den ersten Blick.

Stunden hätten meine Schwester und ich über unsere Autogeschichten reden können, zwischen Totlachen und Wutanfällen – über unsere grässlichen Autos. Sie empört über ihren alten Kübel im Winter, wenn wieder einmal die Heizung nicht funktioniert, die Scheiben eingefroren sind, nicht nur von außen, das Kratzen und Schaben während der Fahrt, Scheibenwischanlage auch eingefroren, also immer wieder rechts ran, aussteigen, Scheibe blickdurchlässig wischen und kratzen, in Abständen von zwei Kilometern. Im Sommer bollert die Heizung, dass einem schwindelig wird und die Frisur einem klatschnass um den knallroten Kopf klebt. Auch die elegante Art, aus der Beifahrertüre ein und auszusteigen, weil die Fahrertüre sich absolut nicht mehr öffnen lassen wollte, blieb uns nicht erspart.

„Ihr mit euren alten Gurken", schimpfte unser Vater, „kauft euch doch einmal etwas Ordentliches". Jetzt habe ich ein schönes Auto, doch es ist wieder einmal alt und im Winter gibt es bestimmt wieder diverse Probleme. Wie letztens noch, erinnerte ich mich. An einem regnerischen Morgen, eilig, wie immer, bewaffnet mit Stockschirm, flugs ins Auto. Aber es sprang nicht an. Egal, was ich machte und wie ich trickste, es wollte nicht. Also raus, hinten die Motorhaube auf, nachsehen, reinsehen, vielleicht konnte ich ja irgend etwas tun. Hatte schon einige Male so geklappt. Aber nein, nichts zu sehen und es tat sich auch nichts, also wieder nach vorne, rein ins Auto, versuchen zu starten – wieder nichts, also wieder raus, so ging es einige Male, rein, raus, raus, rein und das alles im strömenden Regen. Wieder vor der geöffneten

Motorhaube stehend, nahm ich wutentbrannt den Stockschirm und prügelte enttäuscht von diesem Auto auf den Motor ein. Auch das half nichts, außer dass nun der schöne Stockschirm komplett zerschmettert war.

Plötzlich standen Bauarbeiter von der Baustelle gegenüber, vor mir - überlegen grinsend, mit hämischen Bemerkungen wie: „Frauen am Steuer, Frauen und Autos und Regenschirme" und ihr „SSSS, sollen wir mal ran?" überhörte ich vornehm, aber mich anschieben lassend, flitze ich auf und davon.

Meine Schwester schrie vor lachen, als ich ihr die Story erzählte. Unser Bruder lachte aber noch mehr, "Ha, mit dem Stockschirm, hahaha, das hätte ich auch gerne wie die Bauarbeiter beobachtet. Du musst ein Bild abgegeben haben. Ha-ha-ha". „Also hör mal", wandte ich ernsthaft und pikiert ein „so abwegig und lächerlich ist das auch wieder nicht."

„Was hätten die Schläge denn bewirken sollen?" witzelte er, „außer dass du den Motor kaputt schlägst."

„Es hätte sich ja auch irgend etwas Verklemmtes wieder in Gang setzen können, durch meine gezielten und fachmännischen Schläge" erwiderte ich hochmütig und musste dann mitlachen.

Familienbande

Unsere Eltern heirateten 1951 und bezogen das Elternhaus unserer Mutter, weshalb unsere Großmutter (Witwe) in die obere Etage des Hauses zog. Es war ein ziegelrotes Haus mit "Plumpsklo" außerhalb, einen Hof und einen langen, schmalen Garten – früher mit Hühnern, Pferd und Obst-/Gemüseanbau. Das Dörfchen, in dem wir lebten, war winzig, bäuerlich und ländlich. Mein ein Jahr älterer Bruder und ich waren Hausgeburten, sowie es im Dorf üblich war. Wir konnten dort im Dorf und in unserem Garten unbekümmert spielen und herumtoben. Als wir vier/fünf Jahre alt waren, zogen unsere Eltern mit uns aus beruflichen Gründen nach England (Südwales). Dort gab es eine deutsche Siedlung inmitten der grünen, weiten Natur, in der man in großen Wohnwagen wohnte. Für uns Kinder war es eine herrliche, wilde und ungebundene Zeit, ebenso für unsere Eltern. Wir lebten in der Natur umgeben von Wiesen, Feldern, Hügeln, Schafen, Pferden, Hunden und Katzen. Nachts kamen die Wildpferde zu den Wohnwagen, um in den Mülltonnen zu stöbern. An den Wochenenden fuhren wir ans Meer. Es gab jede Menge Kinder und wir gingen alle in den englischen Kindergarten. Nur eines fehlte mir - ich wünschte mir sehnlichst ein Schwesterchen. Tütenweise streute ich Zucker auf die Fensterbänke, aber der Klapperstorch vertat sich ständig und lieferte nur in der Nachbarschaft kleine Babys. „Wir müssen warten, bis der Klapperstorch uns auch ein Baby bringt" wurde ich vertröstet „einmal kommt er auch zu uns."

Als wir in das Einschulungsalter kamen und aufgrund des geplanten Hausbaus unserer Eltern in Deutschland, zogen wir wieder nach Deutschland. Ende 1962 bezogen wir das neue Haus und im Januar 1963 kam auch endlich meine Wunsch-Schwester zur Welt. Irgendwann in der Nacht wurde ich wach, es gab ungewöhnliche Geräusche, Gepolter und Rumoren im Haus. Instinktiv wusste ich – jetzt kommt sie!

Ich hörte ständiges Umhergelaufe und eine befehlende männliche Frauenstimme, die ständig Kaffee wollte. Laut und schwer stampfte die Frau die Treppe zum Schlafzimmer hoch. Stundenlang ging das so, wie mir schien. Aber ich war nicht aufgeregt, nein, ich blieb ganz ruhig in meinem Bett liegen, horchte den Geräuschen im Haus und betrachtete im Dunkeln meine Zimmerdecke, denn dort oben in der Ecke schwebte ein kleiner silberner Engel und ich wusste, der wartet auf meine kleine Schwester, ihr kleiner Schutzengel. Am nächsten Morgen holte unser Vater mich und meinen Bruder in das Elternschlafzimmer und da war sie – meine Schwester. Sie wurde auf den Namen „Gudrun Regina" getauft. Regina zum Andenken der verstorbenen Mutter unseres Vaters.

Gudruns erstes Wort war „Fischotter", wir saßen beim Abendbrot und plötzlich sagte sie laut und überdeutlich „Fischotter". Sich selbst nannte sie „Gung-gung". Wieder lebten wir in einem Dorf, dass erst im Laufe einiger Jahre, gepflasterte Bürgersteige und asphaltierte Straßen bekam. Meine Großmutter (mütterlicherseits) wohnte auch bei uns, sie war meine Vertraute und ich mochte sie sehr. Wortlos nur mit Gesten verstanden wir uns, denn sie war schwerhörig, so z.B. versorgte sie mich heimlich mit Zahnschmerztabletten, Liebesschmökern und flickte meine zerrissenen Kleider oder Hosen, damit meine Mutter es nicht merkte. Mit Gudrun machte sie kleine Spaziergänge an den See und in das Wäldchen. Einmal saß sie dort auf einer Bank. Gudrun, ungefähr fünf Jahre alt, spielte zu ihren Füssen, da sagte sie plötzlich: „Nächstes Jahr können wir nicht mehr zusammen hierher in den Wald gehen". Überrascht und erstaunt fragte Gudrun: "Aber warum denn nicht?" „Dann bin ich nicht mehr da..." sagte sie leise. Viel, viel später erzählte mir Gudrun erst von diesem Erlebnis mit Oma und von ihrer Ratlosigkeit und Verschrecktheit über Omas Satz, mit dem sie Recht behalten hatte.

Im Dorf gab es reichlich Nachbarskinder und in großen Horden gingen wir zur Schule, spielten im Dorf, fuhren Rad,

Rollschuhe, bauten im Wald Buden, krochen durch alte Bunker und Gänge, spielten auf den Feldern Federball oder fuhren im Winter Schlittschuh auf dem kleinen See. Mein Bruder und ich waren unzertrennlich, nur ein Jahr auseinander – fast wie Zwillinge. Die erste Frage, wenn einer nach Hause kam, war immer „Wo ist Rainer?" „Wo ist Gitta?" Zig Streiche hatte wir miteinander ausgeheckt, zig Abenteuer gemeinsam überstanden, tausendmal gezankt, gestritten, an den Haaren gezogen und in die Nase gekniffen. Ständig hing ich am Marterpfahl als Squaw oder musste mich als Bandit erschießen lassen, aber immer war er mein Retter. Trug bzw. schleppte mich nach Hause, samt Holzbrett und Nagel im Fuß, Ziegelstein-Platzwunde auf dem Kopf oder Bagger-Schaufel-Karambolage. Wir hielten zusammen wie Pech und Schwefel, egal ob wir uns mit warmen Teer einpinselten, uns mit Pflaumenmus die Haare kämmten oder schnitten, Rainer hinten bis auf die Kopfhaut, ich vorne komplett alles weg oder uns mit Kaugummi Muster ins Gesicht (und in die Haare) klebten und somit die Nerven unserer Mutter hart auf die Probe stellten..

Einige Jahre später wechselten wir die Schule und wurden mit dem Schulbus in den nächsten Ort gefahren. Die Nachmittage waren für die Hausaufgaben da, aber wir waren auch noch viel mit Freunden unterwegs. Außerdem entdeckte ich das „Bücher-lesen", Zeichnen und Malen.

Wir Geschwister hingen immer zusammen, besonders mit meiner Schwester habe ich viel gespielt und unternommen. Meine Mutter trug mir schon früh Aufgaben zu, wie z.B. Lebensmittel einkaufen. Ich half ihr gerne in der Küche beim Backen und Kochen, auch gemeinsames Geschirr spülen, Betten beziehen, Wäsche strecken, Gardinen aufhängen und putzen gab es. Wir hatten viel Spaß dabei, viele Gespräche, viele Familiengeschichten, viel Vertrauten und viel Fröhlichkeit. Unser Vater ist ein Herr, ein Kavalier der alten Schule. Er achtet auf Anstand und Sitte. Darum ging es auch in dem ersten heftigen Ehestreit unserer Eltern. „Eine Dame trägt einen Unterrock, egal wie warm es ist". Unsere Mutter wollte gar keine Dame sein, sondern wollte so, wie sie es wollte, eben keinen Unterrock tragen. Was sie dann auch tat. Unsere Mutter mit ihrem Temperament und Schwung erkämpfte sich in der damals typischen Frauenrolle ihren eher untypischen ersten Platz in der Familie auch durch ihre eher unangepasste, freidenkerische Art. Unkonventionell, phantasievoll, manchmal explosiv, immer jugendlich schlank und ungestüm, hatte sie das Zepter in der Hand. Da konnte auch schon mal die Hand ausrutschen, wenn wir drei es zu Hause zu wild trieben. In den siebziger Jahren entdeckte sie ihr künstlerisches Talent, besuchte etliche Malkurse, fing an zu malen und zu zeichnen. Da konnte es schon mal passieren, dass wenn wir mittags aus der Schule kamen, sie wie aus einer anderen Welt auftauchend, mit wilden Haaren, farbverkleckst, die Haustüre öffnete und staunte: "Was denn, schon so spät? Jetzt hab ich gar nichts für euch gekocht."

Vaters charmante Art und sein herrliches männliches Lachen mochten wir am liebsten oder auch seinen lakonischen, trockenen Humor, aber seine Autorität war unumstritten. Kein Wort, nur ein Blick und wir wussten, was die Stunde geschlagen hatte. Besonders liebte er es, nachdrücklich mit dem Zeigefinger, auf den Tisch klopfend - rhythmisch seinen Worten entsprechend, seine Strafandrohungen zu untermauern. Ich war schon an die Dreißig, als ich mich endlich getraute zu sagen: "Papa, das mit dem Zeigefinger, das kannst du jetzt mal ruhig weglassen". Er machte es auch nie wieder. Doch meistens waren wir fröhlich und lachten uns kaputt über seine Kommentare, wie: „Kein Arsch in der Hose aber La Paloma pfeifen" oder „ Zieh dich mal anständig an, steck mal dein Hemd in die Schuhe" oder als wir schon Autos hatten „Ihr wisst ja, langsam fahren, aber schnell wieder kommen" oder bei Tisch „Denkt daran, man soll nur so viel essen, wie mit Gewalt reingeht."

Solange ich im Elternhaus lebte, fuhr die ganze Familie gemeinsam in den Urlaub. Mein Vater liebte Camping. Das erste Mal 1965 und dann jedes Jahr fuhren wir für vier

Wochen nach Italien, Spanien und oft auch nach Jugoslawien. Häufig fuhren auch andere Verwandte wie der Bruder unseres Vaters (unser heimlicher Schwarm, weil er so schöne weiße Zähne hatte und er so toll lachen konnte) mit seiner Familie mit. Als mein Bruder 1971 seine immer-noch Frau Karin kennen lernte, reisten sie auch gemeinsam mit unsern Eltern, selbst als mein Bruder schon seine beiden Töchter Nina und Jenny hatte, fuhren alle noch gemeinsam in den Urlaub. Sicherlich gab es auch mal Streit, Ärger, Sorgen und Kummer, aber wie sagt der Rheinländer "Et hett noch immer juht jejangen"

Renovierung und ein Feuer bis in die Stadt

Als erstes wurde Herr Wagner (Vermieter des Hauses) bestellt, es musste geklärt werden, was er behalten und mitnehmen wollte und was weg und vor allen Dingen wohin das ganze Gerümpel sollte. Herr Wagner zündete im Garten ein großes Feuer an und meinte, alles was weg soll, soll hier rein – ins Feuer. Wir schleppten Schränke, Betten, Tische, Tischchen, Schränkchen, Kommoden alles in den Garten. Wir ackerten uns durch, von Zimmer zu Zimmer und dann nach und nach konnte man die Räume als Räume erkennen. Aber nicht genug mit den Möbeln, wir mussten auch die Schränke ausräumen und entrümpeln. Was sich da alles fand, angefangen von Holzbeinen (ja wirklich eine Holzbeinprothese) über bereits abgelaufene Vanillepuddingmischungen (bestimmt 100 Päckchen), daneben Rattengift, etliche Dosen und Döschen gefüllt mit Silberpapierkügelchen und Kronkorken. Alte Gummistiefel und Regenkleidung. Medikamente tonnenweise, von der alten armen kranken Frau. Alle halfen mit bei diesem Gewalt-Entrümpelungsakt. Kalli (mein Exfreund und Vater von Janni), unsere Eltern, Herr Wagner (Vermieter), Horst (ein für mich guter alter Freund aus Schultagen). Wir schleppten und stöberten. Sortierten Müll nach Sperrmüll, Sondermüll und Verbrennen. Das Feuer hatte eine Größe erreicht, das man es laut Horst bis in die Stadt hat sehen können.

Ich schleppte gerade eine schwere Eisenbahnschwelle (weiß Gott wozu man die mal gebraucht hat) aus dem Haus in den Garten und wollte sie mit so viel Schwung, wie man einen schweren, großen Klotz wirft, in das Feuer werfen, als mich dieses sperrige Ding, mit einem rostigen Nagel festhielt und fast mit in das Feuer zerrte. Mir wurde erst heiß (durch das Feuer) dann kalt (durch den Eimer Wasser, den Kalli mir in das Gesicht schüttete) trotz seiner blitz-schnellen Reaktion, meine Augenbrauen und mein Pony waren verbrannt. Klasse!!! Fing ja echt super gut an...

Fortan beschäftigte ich mich mit Gitta nur noch im Haus. Wir entrümpelten gerade in der Küche einen wunderschönen alten Küchenschrank, den wir wieder aufarbeiten wollten, unsere Mutter harkte, mit einer Gartenharke in der Küche die kleinen Einbauschränke unter den Fenstern leer, als wir wieder auf Dosen und Döschen mit allerhand Plunder stießen. Ohne groß auf Inhalte zu achten, warfen wir alles in einen großen Müllsack. Gitta hielt plötzlich eine Dose in der Hand „Uh, die ist aber schwer" rief sie. „Was da wohl wieder drin ist" Sie schüttete den Inhalt aus und es kullerten viele, ganz viele 5-DM-Stücke auf den Boden. Gitta und ich sahen uns wortlos an. „Guck mal, Mutti, was wir gefunden haben, ein Geschenk von der Mutter des Herrn Wagner" rief Gitta unserer Mutter zu. Empört drehte sich unsere Mutter um, "Da will ich nichts mit zu tun haben".

„O.k., dann durch zwei" grinste sie und fing sofort an, das Geld zu zählen. Fünfhundert Mark waren es. Eine ganz hübsche Summe, wir nahmen das Geld, bedankten uns bei der armen toten Frau Wagner und versprachen ihr, mit diesem Geld einen schönen Kachelkamin zu kaufen, um ihr kaltes Häuschen zu heizen.

Das taten wir dann auch, aber erst später, denn nach der Entrümpelung des Hauses waren erst noch der Keller, die kleine Scheune und die Garage dran. Wir schleppten und schleppten, verbrannten, entsorgten vierzehn Tage lang. Dann waren das Haus und die Nebengebäude leer und wir konnten endlich anfangen zu renovieren. Alle Tapeten abreißen, Fenster und Türen abschleifen, Teppiche und jahrelang verklebtes PVC heraus reißen und schon wieder hatten wir unendlich viel Müll zu entsorgen.

Es war bitter kalt im Haus, es war bereits Mitte November und wir hatten ja noch keine Öfen, um zu heizen. Manchmal verließ uns der Mut, wir waren gereizt und stritten ein wenig mit den Eltern, die uns fleißig halfen. Doch die Sprüche meines Vaters brachten uns wieder zum Lachen. Einmal sagte er z.B., als er ein Stromkabel erneuerte: "Verdammt noch mal, schon viermal abgeschnitten und immer noch zu kurz."

Dann konnten wir endlich die Räume tapezieren und streichen. Dachten wir, denn beim Ausfegen der Zimmer stieß ich aus Versehen mit dem Besenstiel an eine Wand in meinem Zimmer, so dass prompt der gesamte Putz herunter fiel und mein armer Vater die Wände erst noch neu verputzen musste. In Janniks Zimmer wurden die Wände weiß und die Decke nachtblau gestrichen, er bekam einen passenden blauen Teppich und blaue Gardinen, ein neues Hochbett und für seinen blauen Himmel selbstklebende Sterne, die in der Dunkelheit leuchteten. Mein Zimmer wurde weiß gestrichen und ich kaufte mir einen helltürkisfarbenen Teppich, eine passende Couch, die sich zu einem Doppelbett ausklappen ließ, einen Kleiderschrank aus Holz, Jalousien, ein paar Bilder, fertig war mein Reich. Das Wohnzimmer wurde auch richtig schön und gemütlich. Die Wände wurden neu tapeziert und gestrichen, den Boden legten wir mit einem dunkelgrauen pflegeleichtem Teppich aus (klar, bei Kind, Hund und Katzen). Die schönen alten Fenster und Türen wurden von uns weiß lackiert. Wir kauften von dem „geschenkten" Geld der Frau Wagner einen schönen weißen Kachelkamin, den platzierten wir im Wohnzimmer an einer Wand. Rechts daneben in die Ecke zwischen Kamin und Bücherregal stellten wir eine im Schuppen gefundene und mit neuem Stoff bezogene Chaiselonge. Dies sollte mein Stammplatz im Winter werden. Unter ein Wohnzimmerfenster stellten wir Gittas große Ledercouch, unter das andere Fenster einen alten großen Esstisch, den wir auch im Haus gefunden und aufgearbeitet hatten. Dazu bequeme Freischwinger zum Sitzen und über dem Esstisch einen großen Kronleuchter mit echten Kerzen. Links und rechts neben dem Tisch wurden Gittas schöne Antiquitäten, z.B. ein alter Eckschrank und ein Badtischchen mit Spiegel und Marmorplatte, gestellt.

Es war einfach schön und gemütlich. Das Badezimmer war zwar klein, aber wir hatten es nett und sauber weiß fliesen lassen. Apropos fliesen lassen: Skurril war auch unser Fliesenleger, er brachte uns fast zu unserem ersten Nervenzusammenbruch. Zufällig fand er in der Küche eine

Zeichnung über eine kniffelig zu fliesende Ecke. Inzwischen hatten wir es uns aber anders überlegt und eine endgültige, andere Lösung gefunden. Er beharrte aber auf diesen Plan, wir erklärten ihm den Vorgang. Aber nein, stur, störrisch und beharrlich zeigte er immer wieder auf die Zeichnung und sagte: Nein, hier steht es ja, so soll es gemacht werden!!! Er ignorierte unsere Erklärungen „Nein, so und nicht anders". Nach etlichen Überredungsmanövern, wie „Verdammt noch eins und zugenäht" am Rande einer Nervenkrise konnten wir den guten Mann, nachdem wir ihm auch den Zettel aus der Hand rissen und in tausend kleine Fitzel zerfetzten, dann doch noch überzeugen, dass wir die Auftraggeber waren und wir es nun so und so wollten und nicht anders. Nun gut das Bad: Es hatte eine Badewanne, darüber hing ein riesiger Boiler für heißes Wasser. Um die Badewanne herum brachten wir einen Duschvorhang an, um dieses Monstrum zu verdecken und wir so die Badewanne auch als Dusche nutzen konnten. Eine Bekannte sagte stets zum Duschen: „Ich muss noch ein Brausebad nehmen." Wir fanden das so drollig, dass wir diese Redewendung übernahmen bzw. noch erweiterten, wir nannten unseren Boiler „Brausebadbadeboiler". Jeden Abend ermahnten wir uns gegenseitig: "Vergiss nicht den Brausebadbadeboiler anzustellen, denn wehe wenn er vergessen wurde, er brauchte etliche Stunden zum Aufheizen. Auch die Küche und die Küchenmöbel wurden gestrichen, zwischen die beiden kleinen Fenster zum Garten stellten wir einen alten Holztisch und drei Stühle, welche wir passend zum Rest der Küche in türkis und weiß lackierten.
Fast am schönsten wurde Gittas Zimmer. Auch sie kaufte sich ein neues Couchbett, aber der Rest der Einrichtung bestand aus ihren Antiquitäten. Kleiderschrank, Vitrine, Tisch, drei Stühlen, Bildern und vielen, vielen Büchern.

Der 1. Winter mit Bratäpfeln und Jagdstolz

Am 12.Dezember war es soweit, wir zogen ein, in unseren Vinnbusch. Unser armer Bruder musste schon wieder herhalten, ich weiß nicht wie oft schon, er unsere „Sieben

Sachen" irgendwo raus, mit seinem LKW-Hänger transportiert und wieder rein und in eine neue Wohnung geschleppt hatte. Er hatte es schon schwer mit uns. Natürlich halfen alle anderen aber auch mit. Ach war das herrlich, unser Vinnbusch war fertig, wir fühlten uns rundherum wohl und glücklich.

Arbeitsteilung war bei uns kein Problem (obwohl Gitta mit Sicherheit die Fleißigere von uns war). Morgens um 7 Uhr fuhr ich ins Büro (ich arbeitete dort an zweieinhalb Tagen in der Woche), Gitta stand etwas später auf, räumte dann die Wohnung auf, brachte an meinen Arbeitstagen Jannik in den Kindergarten und fuhr in ihr Kosmetikinstitut. Einmal in der Woche kam die Putzfrau Magdalena zu uns, um alles ordentlich zu putzen (ihre Lieblingsputzarbeit war: Fenster putzen und wir hatten ordentlich Mühe, sie davon zu überzeugen, dass auch andere Sachen geputzt werden mussten) Gitta übernahm unsere Wäsche, die wusch und bügelte sie tagsüber im Geschäft. Wenn ich aus dem Büro kam, holte ich Jannik bei meinen Eltern ab, sie holten ihn an den zwei Tagen, an denen ich arbeitete, mittags vom Kindergarten und heizte erst einmal ordentlich dem Vinnbusch ein. Holz in den Wohnzimmerkamin und Kohlen in den Dauerbrenner in Gittas Zimmer, dann kaufte ich ein und bereitete schon einmal das Abendessen vor. Wenn Gitta dann spät aus dem Geschäft kam, standen oder saßen wir alle vier (Jannik, Falco, Gitta und ich) in unserer kleinen, gemütlichen Küche in sattem, mildem Lampenschein, erzählten über dies und das, Janni schon im Schlafmann erzählte fleißig mit. Wir sangen mit ihm Weihnachtslieder, brachten ihm Adventsgedichte bei und Gitta stöhnte behaglich „Ach, ist das schön, nach Hause kommen und bekocht werden, so ein Genuss und wie lecker es schmeckt." Petersilienkartöffelchen, gebackener Rotbarsch mit Senfsoße, dazu ein knackiger, frischer Salat. Mhm, lecker essen und trinken. Das ist gut. Vorher aber wurde immer unser Spiel gespielt. Jannik bestand darauf!!

Er saß zu der Zeit, wo Gitta kommen müsste, dann am Wohnzimmerfenster und schaute auf die lange Straße hinunter, die zum Vinnbusch führte, wenn er dann Gittas Auto kommen sah, mussten wir uns blitzschnell in der Wohnung verstecken.

Gitta kam dann in die Wohnung und rief – JEDEN Abend – „Hallo, ist denn hier keiner - Ja, wo stecken die denn ? Ja, wo kann denn nur der Jannik sein?" Sie lief in alle Zimmer, sah unter Tische und Betten und Jannik und ich hockten in unserem jeweiligen Versteck und kicherten, um dann irgendwann mit lautem Gejohle und Geschrei Gitta zu erschrecken.

(Später einmal, als wir schon einige Zeit am Vinnbusch wohnten, war ich mit Jannik kurze Zeit drüben bei der Nachbarin Mariann. Mein Auto stand wie gewohnt vor der Türe, Lichter im Haus brannten, das Essen stand auf dem Herd und Falco war auch zu Hause. Gitta kam von der Arbeit nach Hause und öffnete wie jeden Abend, die Haustüre, mit den Worten: "Ja, wo kann denn nur der Jannik sein..." Es dauerte einige Zeit bis sie bemerkte, dass wir wirklich nicht zu Hause waren.) Wie gesagt, dann kochten wir zusammen und aßen im Wohnzimmer an dem alten Holztisch. Die Kerzen von dem Kronleuchter wurden angezündet, das Feuer im Kamin brannte und wir saßen endlos dort um zu quatschen und einige Gläschen „Jagdstolz" zu trinken. Es wurde über alles geredet, alles diskutiert, viel gelacht und gespielt, besonders gerne spielten wir mit Jannik „Ich sehe was, was du nicht siehst und das ist SILBER...", er wird heute noch fuchsteufelswild, wenn wir ihn daran erinnern. An manchen Abenden legten wir in das Teekesselfach des Kamins Äpfel, so dass der Duft von Bratäpfeln durch das ganze Haus zog.

So verging unser erster Winter am Vinnbusch.

Der Vinnbusch blüht – und der selbstziehende Pflug

Zum Frühjahr hatten wir uns genügend ausgeruht, um nun den Garten und das Haus von außen zu verschönern. Der Garten war kein Garten, sondern ein 1400 qm großer Acker, der vor Jahren einmal mit Obst, Gemüse, Zwiebeln, Kartoffeln usw. bestellt wurde. Jetzt war er nur noch verwildert und zugewachsen, das einzig schöne waren die vielen Obstbäume – Kirschen, Äpfel, Birnen, Pflaumen, Aprikosen, Pfirsiche und alles blühte – jetzt im Frühjahr. Wenn wir aus dem Fenster in den Garten schauten, mit dem Auto die lange Straße hinunter nach Hause fuhren oder durch den Garten gingen, staunten wir immer und sagten fasziniert, fast andächtig: „Der Vinnbusch blüht".

Uns war klar, dass wir, wo jetzt Acker und Unkraut war, Rasen sähen und viele Blumen haben wollten, die Bäume und Sträucher rund um den Garten herum wollten wir lassen. Also mussten wir erst einmal den Acker roden, alles entfernen, was wir nicht gebrauchen konnten, dann mussten wir die neue Fläche, die später einmal Rasenfläche werden sollte, pflügen. Nur wie? Von Hand? 1400 qm? Nein, wir gingen in einen Gartenmaschinenverleih und liehen uns einen großen, schweren Pflug, der, so versicherte uns der Verkäufer, sich von selbst zieht. Ja, das konnten wir: Mit einem Pflug pflügen, der sich von selber zieht. Super. Das machen wir. Das geht gut. Ich weiß nicht mehr, wie wir dieses Monstrum nach Hause brachten, aber irgendwie kamen wir mit ihm zu Hause an. Und legten los. Der selbstziehende Pflug- pflügte (halb in der Erde, halb in der Luft) - zog sich selbst im Kreis herum!!! Verdammt noch eins, war das schwer. Dieses Ding fuhr nicht geradeaus, aus Leibeskräften drückten wir den Pflug in die Erde und hielten zu zweit das Lenkrad, aber er pflügte nur mal Luft, mal Erde, zog sich nur im Kreis und schleuderte uns hinter sich her. Wir hatten gar keine Gewalt über ihn und er boxte uns von rechts nach links. Fast der Verzweiflung nahe und total erschöpft, sahen

41

wir auch noch einen seiner Reifen weg rollen. Wir hinterher. Der Reifen war platt. Trotzdem versuchten wir etliche Male, den platten Reifen irgendwie wieder fest zu bekommen. Wir wollten doch fertig werden und heute noch Rasen sähen. Es half nichts. Für heute mussten wir aufgeben (was uns ja immer extrem schwer fällt), aber das eigensinnige Monster wütete so wild, dass wir dachten, wir würden auf einem Bullen Rodeo reiten. Also wieder das Ding ins Auto, ab in den Verleih, Reifen wechseln. Für diesen Tag hatten wir die Nase voll – aber es mussten noch etliche schwere Tage folgen, bis der Garten so war, wie wir uns ihn vorstellten. Irgendwann, irgendwie hatten wir nun das gesamte Grundstück gerodet, gepflügt, geharkt und von Unkraut befreit, so dass wir den Rasen einsäen konnten. Unsere Beckenknochen vom selbstziehenden Pflug, der immer im Kreis fuhr und sich überhaupt nicht selber zog, blau geschlagen, Muskelkater am ganzen Körper, kleinere und größere Wunden an den Händen, säten wir nun den Rasen ein. Dann wurde die Hecke, die den Garten einzäunte, geschnitten, Blumenbeete angelegt und Töpfe und Kübel mit Blumen bepflanzt.

Wenn man aus Gittas Zimmer in den Garten ging, war erst von dem restlichen Garten die Einfahrt durch eine Hecke und eine kleine Mauer, die mit Efeu bewachsen war, abgetrennt. Diesen Streifen Garten füllten wir mit Kies auf, das sollte unsere Terrasse werden. Dort zwischen Haus, Garage und Mauer unter einen großen, alten Pfirsichbaum stellten wir unsere Korbmöbel, hinzu kamen Töpfe und Kübel mit Buchs, Hortensien, Fuchsien, Ringelblumen usw. In den Durchgang von Terrasse zu dem Garten bepflanzten wir einen Torbogen aus Eisen mit Wein, Geißblatt und Kletterrosen. Jannik´s Vater Kalli, der uns im Winter mit Brennholz für den Kamin beliefert hatte, schenkte Jannik nun zu seinem dritte Geburtstag eine riesengroße Eisenschaukel, die wir fast in die Mitte vom Garten stellten, von unseren Eltern bekam Jannik eine Rutsche, die auch in den Garten kam. Von da aus hatte er einen guten Blick über die Hecke und schoss so manchen vorbeifahrenden Radfahrer mit seinem Wassergewehr ab.

Der Garten war fertig angelegt, jetzt mussten nur noch Rasen und Blumen wachsen.

Außenanstrich bzw. Gitta und die Leiter

Das Haus war aus alten Backsteinen gebaut, an denen brauchten wir nichts machen. Aber wir lackierten die schönen alten Fensterrahmen weiß, die Fensterläden, den Sockel unten am Haus und die Tore von Schuppen (Katzenhaus) und Garage dunkelgrün. Über Gittas Haustüre, fast ganz hoch oben unter dem Giebeldach, war auch ein verwitterter Fensterladen, der lackiert werden musste. Wir stellten eine große Leiter auf, um an diesen Fensterladen zu kommen. Gitta kletterte geschickt wie ein Äffchen in die Höhe und ich pflanzte mit dem Rücken zu Gitta noch einige Blumen in das Beet an der Mauer. Etwas später hörte ich hinter mir kleine, kurze Schritte im Kies. Tapp-tapp, tapp-tapp-tapp, tapp-tapp-tapp-tapp – als ich mich umdrehte, wusste ich nicht, ob ich lachen oder schreien sollte, Gitta balancierte die ca. fünf Meter lange Leiter waagerecht auf ihren Schultern, ihr Kopf steckte zwischen den Sprossen und sie versuchte mit Auferbietung aller ihrer Kräfte, mit der Leiter nicht nach hinten in die Blumen an der Mauer oder nach vorne in ihre Fenster zu fallen und sich dabei selber zu köpfen. Schnell sprang ich wieder auf meine Füße, passte mich ihrer Vor-Rückwärts-Bewegung an und wurden im Gleichschritt nach einiger Zeit wieder Herr über die Leiter, stellten sie, mit mahnendem Blick, wieder ordentlich an den Platz, den Gitta hatte alleine wechseln wollen.

„Puh, war das ein Tanz" stöhnte Gitta mit knallrotem Kopf „ich dachte schon, ich fliege jetzt im hohen Bogen wie ein Geschoss über die Mauer." „Ja oder wie ein Stabhochspringer über die Mauer und zack biste im Cafe in der Stadt" antwortete ich, froh grinsend, dass nichts weiter passiert war.

44

Gartenpflegetag

Der Frühling war da, es wurde warm. Gott sei Dank, stöhnten wir erleichtert, endlich hatte es ein Ende mit der Kohle- und Holzschlepperei, Asche, Staub und Schmutz. Es war doch eine erhebliche Plackerei gewesen, das Häuschen zu heizen, die viel Zeit in Anspruch nahm. Jetzt konnten wir erst einmal den Komfort einer Zentralheizung einschätzen und das arbeitsreiche Leben der Menschen, als es noch keine Elektrizität gab, nachempfinden. Nur davon zu hören oder es selbst erleben, war ein gewaltiger Unterschied. Aber trotzdem waren wir von unserem Vinnbusch nach wie vor begeistert. Und jetzt war Frühling und wir stürzten uns mit Begeisterung auf die Gartenarbeit. Der Eingang vom Innenhof zum Garten hatte einen alten Eisenrundbogen, wir pflanzten rechts davon Geißblatt und links eine rote Kletterrose und wilden Wein. Jedes Zentimeterchen, das diese Pflanzen wuchsen, wurde bejubelt, wir konnten kaum abwarten, bis sie einmal „darum herum" gewachsen wären. Der Rasen hatte sich gut entwickelt. Jetzt musste er gemäht werden. In der wackeligen kleinen Garage stand noch der alte Benzinmäher des Vermieters. Benzin und Öl hatten wir besorgt, es konnte losgehen. Es könnte losgehen, wenn dieses elende Ding endlich einmal anspringen würde. Abwechselnd versuchten wir mit der Starterleine den Motor anzuwerfen. Nichts tat sich, er tuckerte nur ein bisschen vor sich her, um gleich wieder abzusterben. Wir waren beide schon „schweißnass", die Arme schlapp und überanstrengt und wir hatten noch nicht begonnen zu mähen, es warteten noch über tausend Quadratmeter Rasen auf uns. Ein Mann musste her, wir kamen nicht weiter, der Albersmeyer oder Jürgen, unsere Nachbarsmänner mussten daran glauben. Der Albersmeyer war nicht da, aber Jürgen, doch auch er schaffte es nicht. Wir brauchen Starterspray, alles andere ist zwecklos. Gesagt, getan, ein paar Mal eingesprüht, etliche Male gestartet, das verflixte Ding sprang endlich an. Aber auch das Mähen war eine Tortour, unsere ganze Vorfreude dahin. Schon alleine dieses Gerät anzuschieben war ein Kraftakt, zudem mussten wir genauestens darauf achten, dass der Starthebel in einer bestimmten Position stand und auch blieb, sonst starb der Motor wieder ab, was er sowieso in unregelmäßigen Abständen tat. Die Starterleine mit dem dazugehörigen eventuellen zehn- bis zwanzigmal hintereinander ziehen war unglaublich anstrengend. Verbissen keuchend zogen und zogen wir, wir gaben nicht auf, zwischendurch mussten wir aber trotz allem so lachen, dass wir „Lacharme" bekamen (Puddingarme) und gar nichts mehr ging... „Geh nicht aus, geh nicht aus" flehten wir unseren Rasenmäher an, aber eiskalt überhörte er unsere Bitten. Nach Stunden waren wir endlich mit dem Mähen fertig und mussten dann noch das abgeschnittene Gras zusammen harken. Noch einige Male wiederholten sich diese Aktionen beim wöchentlichen Rasenmähen und dann hatten wir die Nase voll von diesem Ungetüm, der uns unsere schönen Gartenstunden verdarb. Wir kauften uns einen prächtigen grünen Rasenmäher, gleich mit Auffangkorb. Jetzt waren unsere Gartentage wunderbar. Janni, der immer mit arbeiten wollte und weinte, weil er nicht an den Rasenmäher durfte, bekam einen Plastikrasenmäher, war überglücklich und düste damit kreuz und quer über den Rasen. Danach wurde der Wasserschlauch geholt, Sträucher und Blumen bewässert. Das mochte Janni natürlich besonders gerne, mit den nackten Füßen im Wasser planschen, sich gegenseitig mit Wasser bespritzen und hinter Falco herjagen. Zum Schluss machten wir immer noch einen Rundgang durch den Garten, um unser Tagewerk zu begutachten und unseren Fleiß. Nach und nach wurden die Kirschen rot, die Stachelbeeren und die Johannisbeeren reif. Bei uns sagt man zu Johannisbeeren „Wimmelchen" und Janni, der alles nachplapperte, sagte ganz drollig dazu „Bimmelssen" Er hatte sowieso ganz niedliche Wortschöpfungen. Absolut beeindruckend für ihn waren die Arbeitsfahrzeuge seines Vaters, wie Lastwagen, Bagger und Radlader. Dieses Wort war für ihn zu schwer, so sagte er

„Ratala" oder zu Oma Anneliese sagte er „Oma Anesine", Opa Gerd nannte er, wie es unter richtigen Männern üblich ist, nur „Gerd".

Kirschen hatten wir Eimerweise, es waren die leckeren, dicken, roten Knackkirschen und wir aßen sie bergeweise gleich vom Baum. Meistens konnten wir nach getaner Arbeit, draußen im Innenhof zu Abend essen. Wir stellten den Grill auf, machten einen schönen frischen Salat, dazu Backkartoffeln oder warmes Baguette, die mit einer speziellen Gewürzmischung aus Rainers Gewürzhandlung zubereitete Arrabiatabutter und eine kühle Weinschorle. Am liebsten mochten wir gegrillte „dicke Rippe". Meinem Geschäft gegenüber gab es eine Metzgerei und dort kaufte ich sie immer „schön dick geschnitten". Als ich wieder einmal hinüber ging, schrie die Verkäuferin schon von weitem: "Ach, Frau Kaschel, wie immer, nur dicke Rippe?". Die Leute im Laden drehten sich um und guckten mich neugierig an, es war mir fürchterlich peinlich. Mit Sicherheit dachten sie, wir würden tage- oder wochenlang nur dicke Rippe essen. Zu Gudrun sagte ich: "Ich glaube, ich muss mal demnächst die Metzgerei wechseln, sonst bin ich in der Stadtmitte verschrien als die Kaschel, die nur dicke Rippe isst." Wir lachten uns schlapp, denn wir malten uns diese Geschichte immer bizarrer aus. So saßen wir, bei einem Gläschen Wein und unserem Jagdstolz bis tief in die Nacht hinein. Meist blieb Janni auch recht lange am Abend bei uns. Er durfte lange aufbleiben, zu seiner und zu unserer Freude. Eines konnte er an uns aber überhaupt nicht leiden, wenn wir uns bequem in die Gartenstühle fläzten und dabei die Füße auf die Tischkante legten. Er hatte nun im Kindergarten gelernt, wie man sich zu benehmen hatte und da war wohl das „Füße auf den Tisch legen" als ein großes Übel verurteilt worden. Und wir taten das, wo er doch genau dieses gerade gelernt hatte, und was er nicht durfte, durften wir selbstredend auch nicht. Schließlich musste er gehorchen, also wir doch wohl auch. Er schimpfte, wie ein Rohrspatz "Das dürft ihr niss, das darf man niss machen. Iss weiss dass" drohend fuchtelte er mit seinen süßen Ärmchen vor uns herum „Nein, dass iss niss richtig, Füsse wech" Immer wieder legten wir die Füße auf den Tisch, nur um seine drolligen Schimpfparaden zu hören. Bald durften wir draußen gar nichts mehr machen, nicht in der Sonne liegen, im Freien nicht mehr trinken, schief schaukeln nicht und dabei lachen schon gar nicht, auch essen im Freien war verboten. Ja, er hatte es nicht einfach mit uns, wir, die von Benehmen und Regeln keine Ahnung hatten und sehr schwer „erziehbar" waren.

Zum Jagdstolz noch, da hatten wir Regeln, den mussten wir nämlich genau portionieren (von uns aus), denn die Flasche musste von Freitag bis Freitag halten, unseren Einkaufstag, extra nachkaufen, das gab es nicht.

Immer so`n Geschiss mit dem Salinchen

Mitten im Garten stand unsere Riesenschaukel und ich schaukelte gerne. Kaum sah Janni mich auf der Schaukel sitzen, stürzte er auf mich zu und wollte mit schaukeln. Dann nahm ich ihn auf meinen Schoß, aber so dass wir uns ansehen konnten. „Höher, höher" befahl er und ich strengte mich an, so dass wir beide hoch durch die Luft flogen. „Ditti, jetzt wieder das Lied singen, unser Schaukellied, tomm wir singen". Dann sangen wir beide: „Die leckersten Kirschen, essen nur die großen Tiere, weil die Bäume hoch sind und die Tiere groß sind..." Dann mussten wir alle Obstsorten durchsingen, Äpfel, Pflaumen, Birnen, „Bimmelchen", alles was uns einfiel. Danach kamen die verschiedensten Tiere dran. Die leckersten Bananen essen nur die großen Adler oder Feldermäuse, Haie usw. und je verrückter die Kombinationen der Tiere und der Obstsorten wurden, um so doller und ausgelassener wurden wir.

Heute jedoch hatte ich mich zum Nachdenken auf die Schaukel gesetzt, eine ausgezeichnete Nachdenkmethode. Ich machte mir große Sorgen um Salinchen. Ganz zu Anfang hatte ich sie mit in das Haus genommen (sie lebte bisher immer nur in der Wohnung), das Draußen sein kannte sie gar nicht, dort wo ich vorher wohnte, war das nicht möglich. Aber sie hatte die scheußliche Angewohnheit, ihr Missfallen durch „in die Ecken pinkeln" auszudrücken. Zickig und eigensinnig wie sie war, konnte ich ihr es mit nichts abgewöhnen. Ja und kaum waren wir in unser frisch renoviertes, blitzblankes Haus gezogen, ging das schon wieder los mit ihren Marotten. Wutentbrannt nahm ich einen Besen und scheuchte sie in den Garten. Teasy gleich mit. So, es reichte mir, ich wollte nicht wieder diese Stinkecken haben." Jetzt raus mit dir, jetzt musst du draußen bleiben, du olles Kaugummi" schrie ich aufgelöst hinter ihr her „Geh doch ins Hühnerhaus". „Olles Kaugummi" nannte ich sie häufig, weil sie so an allen Gewohnheiten klebte. Nach und nach beruhigte ich mich wieder und dachte mir: „Vielleicht ist die Lösung gar nicht schlecht, nur sehr überraschend und plötzlich für sie. Salinchen und Teasy können ja im Hühnerhaus leben und schlafen, es ist warm und geschützt dort, sie können in den Feldern laufen und rein und raus gehen, wie sie wollen und zum Schmusen und Kuscheln können sie auch in das Haus kommen. Aber Fehlanzeige, wie sich einige Tage später heraus stellte. Im Moment hegte ich noch die Hoffnung, dass die neue Lebensweise, eigentlich auch die artgerechtere, Salines psychischen Zustand verbessern würde und durch die neuen Möglichkeiten, fangen, jagen, schleichen, klettern, eben mehr Abwechslung in ihr Katzenleben kam. Es war mir klar, dass es geschickter gewesen wäre, sie nach und nach an ein Leben draußen zu gewöhnen, aber jetzt war es eben so passiert.

Abends, als Gudrun, Janni und Falco vom Reitstall kamen, erzählte ich die Rauswurfgeschichte. „Bestimmt wird das Salinchen draußen entspannter und ausgeglichener werden", meinte auch Gudrun. Mich plagten schon die Gewissensbisse. Dann aßen wir zu Abend mit Janni (er schon im Schlafmann), da hörten wir am Wohnzimmerfenster ein Geschabe. Salinchen stand auf ihren Hinterpfoten draußen auf der Fensterbank, wienerte mit den Vorderpfoten rasend an der Fensterscheibe, aus ihrem weit aufgesperrten rosa Mäulchen kam ein langgezogenes Miauen, das in einen steten Dauerton überging. „Och, guck mal, das Salinchen" sagte Janni „ach guck mal, die will rin" (er sagte immer rin für rein). „Nein, nein, die will nicht rein" beschwichtigten wir ihn „die winkt uns nur fröhlich zu, sieh doch nur, wie eifrig sie winkt." Janni glaubte uns aber nicht, womit er ja auch Recht hatte. Janni hörte nicht auf und das Salinchen auch nicht, nein sie wurde immer wilder. „Ich kann das nicht mehr mit ansehen" stöhnte ich „vielleicht hört sie auf damit, wenn sie uns nicht mehr sieht". Jetzt klebte sie da an der Fensterscheibe, wie ein olles Kaugummi. „Wir müssen da etwas vorstellen" schlug ich vor, „aber was?" Schließlich kam ich einem einen Meter hohen Bilderbuch aus Jannis Fundus zurück und stellte dieses von innen an die Fensterscheibe. Jetzt sahen wir das Salinchen nicht mehr. „Siehst du" sagten wir zu Janni „Salinchen ist nun zum Schlafen in ihr Hühnerhaus gegangen". „Aber ich höre sie doch noch" sagte Janni. Saline hatte wieder ihren Dauerton drauf und ab und zu sahen wir eine kleine Pfote über dem Bilderbuch zappeln, manchmal auch kurz die ganze Saline, weil sie mit allen Vieren hoch in die Luft sprang, um ins Wohnzimmer zu sehen. „Meine Güte, die hört nicht auf, nachher hat sie noch Blasen an den Pfoten, aber ich hol sie nicht wieder rein. Hier drinnen ist sie auch nicht glücklich, draußen wird sie es vielleicht, wenn sie sich daran gewöhnt hat."

Plötzlich hörten wir im Garten, wütendes Hundegebell. Kreischen, fauchen, aufgeregtes Rennen, Kies spritzte gegen Mauern und Wände, weitere wirbelige Kiesgeräusche. Hetzendes, rasendes Gemauschel – dann Stille. Erschrocken sahen wir uns an und stürzten zum Fenster. „Falco hat Salinchen" riefen wir beide. An Falco hatten wir im Moment überhaupt nicht gedacht. Vom Fenster aus, konnte man nichts erkennen, schnell in mein Zimmer und zur Gartentüre raus. Falco stand zornig vor der Türe zum Hühnerhaus und bellte, als er uns sah, durch den Türschlitz hinein. Gudrun hielt Falco am Halsband fest, ich quetschte mich, die Türe nur einen Spalt geöffnet, in das Hühnerhaus und Gott sei Dank, da war das Salinchen, wohlbehalten und ohne Verletzungen. „Prima" lobte ich sie erleichtert „da hast du dich gut hineingerettet. Das hier ist dein neuer Schlaf- und Futterplatz." Zickig wie immer, ließ sie sich nicht streicheln, schmuste aber um meine Beine herum. Wir stellten noch Futter und ein kuscheliges Körbchen hinein, auch für Teasy und ermahnten sie, sich gut einzuleben. „Du findest es jetzt gut hier im Garten, hörst du? Du bist jetzt eine Draußen-Katze!".

Auf den Schreck mussten wir erst einmal einen Jagdstolz trinken, erzählten Janni, dass wir Salinchen ihr neues Schlafzimmer gezeigt hätten und sie es sehr schön dort findet und lachten uns, weil ja alles gut gegangen war, schlapp bei der Vorstellung, wie sich Falco und Saline wohl, wie vom Donner gerührt, angestarrt haben, um dann wie eine Explosion aufeinander zu zu knallen. Es war ein Lachen, aber auch ein Weinen dabei: „Ach herrje, Salinchen!" So musste Salinchen draußen bleiben wollen.

Die kleine Teasy, die so sehr scheu war und sich nur an Saline anschloss und Saline, die Zicke, die die kleine Teasy nach anfänglicher Freundschaft immer eifersüchtig verjagte, war nach ein paar Tagen verschwunden. Wir durchstöberten das ganze Haus und fanden sie verängstigt und schüchtern im Keller unter einem Holzregal. Gudrun wollte sie hervor holen (ich hatte immer Sorge, dass ich in dem Moment nicht den richtigen gezielten Handgriff hatte und überließ das gerne Gudrun), streckte die Hand aus, griff zu und Teasy biss mit aller Kraft hinein. Aber Gudrun hatte sie. Wir brachten Teasy wieder in den Hühnerstall und Gudrun ins Krankenhaus. Die Wunde in ihrer Hand war sehr tief und entzündete sich. Die ganze Hand schwoll monsterartig an und ich schimpfte mit ihr „Das kommt nur von deinem ständigen daran Herumqequetsche". Aber das stimmte nicht, im Krankenhaus wurde uns erklärt, dass Katzenbisse, die in den Muskel gehen, sehr gefährlich seien, weil gerade Katzenspeichel viele Erreger enthalten würde. Der ganze Arm würde eingegipst werden und tagelang durfte er nicht bewegt werden. Warnend erzählte der Arzt noch von einer Patientin, bei der sich diese Sache monatelang hinzog. „Na ja" sagte ich „ist doch gut für dich, kannst du doch jetzt ein paar Tage krankfeiern, ist doch auch was, so plötzlich Urlaub." Aber eigentlich hatte ich ein schlechtes Gewissen und war glücklich, als nach ein paar Tagen der Gips komplikationslos entfernt werden konnte.

Doch die kleine Teasy wollte nicht bei uns bleiben, vielleicht war alles zuviel für sie. Die Umzieherei, die zickige Saline, Falco, der ständig seinen Kopf durch den Hühnereinstieg in das Haus steckte und böse grollte. Kurze Zeit später war sie verschwunden und blieb verschwunden. Trotz aller Sucherei. Wir hofften für sie, dass sie sich ein nettes, ruhiges Zuhause gesucht hatte, vielleicht in den Feldern auf einem der

Bauernhöfe. Auch mein Plan, Salinchen für einige Stunden ins Haus zu holen, scheiterte. Salinchen begriff nicht, dass sie rein kommen und nach einiger Zeit wieder raus gehen sollte. Zum einen konnte man sie nicht in das Haus hinein locken, sie kam einfach nicht, tragen konnte man sie schon gar nicht, sie ließ sich nur mit Gewalt aufheben, kreischte dann so laut, dass einem das Blut in den Adern gefror, kratzte und biss. Nein, es war nicht möglich, ihr ein normales Verhalten anzugewöhnen, ihr einen einfachen Weg zu zeigen, um entspannt Haus und Garten zu genießen. „Dann soll sie draußen bleiben, sie kapiert es einfach nicht" beschloss ich. „Da kann sie in der Natur herumstromern. Langweilt sich nicht während meiner langen Abwesenheit tagsüber und abends gehe ich zum Füttern und Schmusen in das Hühnerhaus. Es wird bestimmt mit der Zeit besser werden" Nein es wurde nicht besser, im Gegenteil, sie hockte im Hühnerhaus, traute sich nicht raus in den Garten oder in die Felder und auch nicht ins Haus, um uns zu besuchen, ich beobachtete erst einige kahle Stellen im Fell, plötzlich waren ihre ganzen Hinterbeine nackt, dann der Schwanz, der halbe Unterbauch und die Pobacken. „Ach du liebe Zeit" stöhnte ich zu Gudrun „guck dir mal das Salinchen an." „Salinchen schämst du dich denn gar nicht, hier halbnackt herumzulaufen. Was sollen denn die Nachbarn sagen, wenn sie dich sehen?" Mit dürren, krummen Beinen wackelte Salinchen vor uns her. „Die sieht aus, wie eine alte, magere Frau in Seidenstrümpfen" witzelte Gudrun und obwohl nicht zum Lachen, lachten wir doch. Ja und jetzt saß ich auf der Schaukel mit meinem Kummer um Salinchen. „Was mach ich bloß mit dir?" Ich machte mir Sorgen um ihren Seelenzustand, sagte man doch, dass Papageien sich die Federn ausrissen, wenn sie tief unglücklich sind. War es bei Saline auch so? Im Haus unglücklich, im Garten unglücklich, schmusen und streicheln auch nicht, immer nur abwehrende Aggression, wie konnte ich ihr nur helfen. Sollte ich sie zum Tierarzt bringen und sie einschläfern lassen, sie so von ihrem seelischen Leiden erlösen, war sie depressiv? Ich überlegte lange hin und her. „Salinchen, du machst mich unglaublich unglücklich mit deiner Art."

Dann kam mir die zündende Idee, ein letzter Versuch, sie an ein normales Katzenleben zu gewöhnen, nämlich sich frei im Hühnerhaus, im Garten und im Haus zu bewegen, nach Lust und Laune. Ich werde ihr ein Katzengeschirr kaufen mit Leine und damit üben wir das rein und rausgehen ins Wohnhaus, angeleint kann ich ihr einen Weg zur Haustüre zeigen, ohne auf Falco zu stoßen, nämlich zum Hühnerausstieg raus, über die Mauer, in den sicheren Falcolosen Nachbargarten, um deren Haus herum, nach vorne zu unserer Haustüre, da kann sie dann einige Stunden bei uns verweilen. Sicherlich würde ihr das gut tun und sie würde sich frei und wohler fühlen, danach würde ich ihr dann den Weg wieder zurück zeigen in ihr Hühnerhaus.

Froh darüber, dass ich eine Lösung gefunden hatte, marschierte ich zu Gudrun und berichtete ihr von meiner Idee. „Na, da bin ich aber mal gespannt, wie Salinchen sich verhält, wenn sie spazieren gehen muss" feixte Gudrun. Ich kaufe ihr ein schönes rotes Geschirr, rot zu schwarz sieht doch gut aus. Natürlich gab es wieder einigen Aufstand und blutige Schrammen an unseren Händen, bis Salinchen ihr Geschirr umhatte. Aber nun war es umgelegt und unser erster „Ausgang" stand bevor. „So, Salinchen" flötete ich, betont freundlich „komm, ich zeig dir den Weg zur Haustüre" Ich kletterte mit ihr über den Gartenzaun, dabei lockte ich sie mit einem Leckerchen, ja, es ging gar nicht schlecht. Dann standen wir auf dem Kiesweg der Nachbarn und ab hier ging gar nichts mehr. Salinchen kauerte an der Hauswand und war zu keinem Schritt mehr bereit. „Komm, Salinchen, komm" lockte ich und gab ihr einige Leckerchen. Eilig machte sie in gekauerter Haltung einige Schrittchen, ihr Bauch schliff förmlich über den Kiesweg. Vorsichtig stupste ich sie von hinten an, überraschender Weise fauchte sie mal nicht, mutiger geworden, zog ich von vorne und hinten schob ich, aber sie machte sich steif und hinterließ im Kies eine Schleifspur. „Nu, nu Salinchen, nun lauf auch schön" ermunterte ich sie. Zwischendurch wieder einige hastige gebückte Schritte, inzwischen war sie mehr lang als hoch.„ Keine Angst, gleich sind wir da" tröstete ich sie und schob und zog sie wieder. Es heißt ja, Katzen braucht man nur einmal etwas zeigen und schon haben sie es begriffen. Jetzt nur noch unter dem Wohnzimmerfenster der ahnungslosen Nachbarn vorbei gekrochen, um die Hausecke herum und ab zur Haustüre, da zeigte ich ihr, wie man am Briefkasten klappern konnte und beispielhaft öffnete Gudrun die Haustüre. „Geschafft" triumphierte ich mit rotem Kopf und schweißnasser Stirn, wir nahmen nur die Leine ab und Salinchen flitzte in mein Zimmer. Ich ging ihr nach und redete mit ihr, sie schmuste um meine Beine, sprang auf die Couch und rekelte sich behaglich. „Siehst du, so geht das, du musst nur lieb sein, dann machen wir das jeden Tag, bis du das verstanden hast, dass dir nichts Grässliches passiert und du es alleine kannst".

„Besser wir hätten die Leine nicht abgemacht" keuchte Gudrun halb unter dem Küchenschrank. Saline riecht förmlich, wenn man an sie heran möchte und ist blitzschnell unter dem Küchenschrank verschwunden, faucht und macht so ein Theater, so dass alles extrem stressig wird, auch für sie. Endlich irgendwann wieder angeleint, machen wir uns für den Rückzug bereit. Wieder ziehen und schieben, loben, locken, kriechen wir wieder um das Nachbarhaus herum, dicht an die Mauerwände gepresst, unter den Fenstern entlang bis zum Hühnerhaus. Diese nervenaufreibende Aktion machten wir in den nächsten Tagen noch einige Male, Salinchen hatte jedoch nichts begriffen. „Super Erfolg" verkündete ich Gudrun stöhnend. „Ich sehe nicht den winzigen Fortschritt". „Aber dafür sehen dich die Nachbarn" lachte Gudrun. „Mariann hat sich krümelig gelacht, als du mit der nacktbeinigen Saline um das Haus herumgekrochen bist, erst hat sie aus dem Fenster immer nur deinen Rücken gesehen und sich verwundert gefragt, was das wohl werden soll, warum du dauernd gebückt hier um deren Haus herumkriechst. Aber dann auch noch mit dem nackten Salinchen zusammen, das hat ein tolles Bild ergeben, haben Albersmeyer auch gesagt." „ Sehr witzig, sehr witzig" sagte ich und hatte vor Lachen Tränen in den Augen „und sie werden weiter lachen können, denn ich übe mit ihr weiter, bis sie es gelernt hat und das Geschirr bleibt auch weiter um".

Fallschirmspringer im Garten

Ein bis zwei Tage nach meinem Lacherfolg in der Nachbarschaft, wir wollten gerade zu Bett gehen und steckten schon in unserem Schlafdress, ertönte aus dem Garten ein wildes, lautes Gebell. Es war ein erbostes, aufgeregtes Gebelle von Falco. „Da draußen ist jemand" sagte Gudrun sofort „so bellt er sonst nicht, irgend etwas stimmt da nicht, da ist etwas, wir müssen nachsehen". „Du liebe Zeit, wenn da wirklich jemand ist, und wir schon im Nacht-Dress, aber egal, wir gehen raus, jetzt gleich, die Gartenstiefel stehen draußen an der Türe parat" sagte ich. „Wir müssen uns bewaffnen" rief Gudrun aufgeregt. „Und Licht, eine Taschenlampe muss mit" sagte ich ebenso aufgeregt. Aufgescheucht wie zwei Hühner rannten wir in der Küche umher. Draußen immer noch böses Gebell. „Hu-hu-hu, was nehmen wir denn als Waffe?" Bei uns war das immer so, dass uns trotz Angst und Furcht zwischendurch aber immer einmal das Lachen reizte. Unser Blick fiel auf den Messerblock. „Wir nehmen ein Messer, das Dickste und Größte". „ Ja, ja, ja, aber wer nimmt es und sticht dann eventuell zu? Ich halte ja schon die Taschenlampe" sagte ich. „Jetzt aber raus" meinte Gudrun „Wer geht vor?" und fuchtelte wild mit dem Küchenmesser. „Wir gehen beide nebeneinander" Wir öffneten die Gartentüre, sofort war Falco bei uns. Aufgeregt sprang er an uns hoch. „Was ist Falco, such, such!"
Dicht aneinander geklammert, in wehenden Nachthemden und Gartenstiefeln, Taschenlampe und Küchenmesser mutig in den zitternden Händen, stolperten wir Falco hinterher, der wie der Wind um die Ecke zum Misthaufen gesaust war. Zögerlich wir hintendrein und er wild bellend wieder zu uns gesprungen und wieder zurück um die Ecke. Vorsichtig, atemlos schlichen wir um das Haus, leuchteten mit der Taschenlampe – nichts, kein Verbrecher, kein Mörder weit und breit zu sehen, einfach nichts. Falco aber raste auf den Misthaufen, kletterte oben drauf und bellte wütend die

Hausecke und die Mauer zum Nachbarn an, immer vor und zurück springend. Ich leuchtete mit der Taschenlampe die Gartenmauer an und was sahen wir da? Unser Salinchen, spuckend und kreischend hing sie wie ein Fallschirmspringer hoch oben in ihrem roten Geschirr, am Kragen gepackt an einem dicken Draht, der aus der Mauer ragte. Alle vier Pfoten paddelten in der Luft, sie war schrecklich empört. „Ja, Salinschen, was machst du denn wieder für Sachen" lachten wir erleichtert. „Mein Gott, Salinschen jetzt hängste hier im Garten rum" grinste Gudrun. „Und wo sie doch so eigen ist und Veränderungen gar nicht mag" ergänzte ich und wir keuchten beide im Lachkrampf. Na und dann befreiten wir sie aus ihrem Freiluftgehänge, aber nicht ohne Falco vorher weg zu sperren und uns Arbeitshandschuhe über zu ziehen. Ach Salinchen, unsere Fallschirmspringerin, das Gesicht hätte ich gerne mal gesehen, als sie im Sprung plötzlich in der Luft hängen blieb. „Sie war bestimmt total sauer" sagte Gudrun beim Hinausgehen und schüttelte sich vor Lachen. Das Geschirr haben wir ihr natürlich abgenommen. Da kann ja wer weiß was passieren, bei ihr, womöglich hängt sie demnächst an den Strommasten. Ja, und spazieren gehen mit mir musste sie von da an auch nicht mehr.

Picknick mit den Pferden

Meine Freundin Alexandra hatte ihr Pferd, genau wie ich meines, auf dem Bauernhof in der Nähe vom Vinnbusch untergebracht. Eines Morgens ritten wir wieder einmal zusammen aus. Über Felder und Wiesen, es machte riesig großen Spaß und wir hatten viel zu lachen, da unsere Pferde, nicht gerade die zuverlässigsten waren, sondern auch einmal gerne buckelnd durchgingen und mit uns so schnell über die Felder preschten, dass Falco und Alexandras beiden Hunde kaum noch mithalten konnten. Auf dem Rückweg ritten wir gemütlich im Schritt Richtung Stall, wir waren von dem schnellen, anstrengenden Ritt müde, hatten Lust auf Picknick bei uns im Garten. Also machten wir uns auf den Weg. Am Vinnbusch angekommen, sattelten und trensten wir unsere Pferde ab und stellten sie zum Grasen in den Garten.

Gitta hatte unser Lachen, Plappern und das Hufgetrappel bereits von weitem gehört, zwischenzeitlich schon schnell Kaffee gekocht und den Kaffee samt Tassen, leckeren Sandwiches und ein paar Gartenblümchen auf einem Tablett hübsch angerichtet. Als wir auf ihre Türe zugingen, öffnete sie schon die Türe, freudig-strahlend, froh uns zu sehen und stolz auf ihr hübsch gedecktes Tablett. „Taraah" – Falco, voller Freude und komplett aus dem Häuschen, Gitta zu sehen, sprang wie ein Wilder auf Gitta zu, um Gitta herum und mit Karacho unter das Tablett, welches prompt mit Getöse und Geschepper im hohen Bogen, aber wie in Zeitlupe auf den Boden knallte. Resigniert schauten wir zu, wie der Kaffee im Kies versickerte und die Hunde sich die Sandwiches aus den Scherben herausstibitzten. „Super Picknick" meinte ich lakonisch „auf dem Boden liegts ja schon."

Gittas Geburtstagsparty

Wir saßen bei einer Tasse Kaffee unter dem Pfirsichbaum im Innenhof und planten meine Geburtstagsgrillparty für Samstag. Es sollten einige Freunde kommen, Nachbarn und Familie. Wir hatten gerne Gäste bei uns und dachten uns immer ein Motto aus. Mal ein bayrischer Abend mit Weißwürsten, Sauerkraut und Brezeln oder Zwiebelkuchen mit Federweißen, Grünkohlessen, Martinsgans – was uns so einfiel. Jetzt für Samstag planten wir einen deftigen Grillabend mit Kotelett, Bier und Salaten. Da sahen wir Falco wie einen Pfeil hakenschlagend durch den Garten hetzen. „Was ist denn nun wieder los" schimpfte Gudrun. Falco flitzte von einer Gartenecke in die andere und jagte einem Hasen hinterher. „Ach du liebe Zeit" stöhnte Gudrun und schrie hinter Falco her „Aus, Falco pfui, kommst du wohl her" Falco, Jagdblut in den Augen, dachte gar nicht daran, er hörte noch nicht einmal hin. „Na, warte ich hab dich gleich" rief Gudrun wütend. Die Ansage war dann doch leicht selbstherrlich, wie sich sofort herausstellte, wir rasten wie die Bäckerpferde hinter Falco her, unsere Sandalen flogen in alle Richtungen bei der Hetzjagd. Der Hase raste hakenschlagend durch den Garten, Falco hinter dem Hasen, wir hinter Falco, um Haaresbreite entwischte er uns immer.

Wir mussten Falco einfangen, denn der Hase saß bei uns in der Falle, ringsherum war der Garten mit Maschendraht eingezäunt, damit Falco sich nicht durch die Hecke durchdrücken und ausbüxen konnte. An irgendeiner undichten Stelle hatte sich der Hase wohl durchgedrängelt, aber jetzt in der Eile und Aufregung fand er das Loch nicht wieder. Endlich hatte Gudrun Falco an einem Ohr erwischt und schimpfte ihn ordentlich aus. Gudrun verbannte ihn in die Küche und dann suchten wir den Hasen, ganz still saß er in einem Winkel unter den Sträuchern und zuckte aufgeregt mit der Nase. Vielleicht können wir ihn mit einem Eimer fangen, wir stülpen ihm den Eimer einfach drüber und schon haben wir ihn. Tja, einfacher gesagt als getan. Jetzt rannten wir mit dem Eimer wie angestochen hinter dem Hasen her und Falco schaute uns laut jammernd, durch das Küchenfenster zu. „Nee, nichts zu machen" keuchten wir und rangen nach Luft „Pause, ich kann nicht mehr" japste Gudrun „Falco bleibt solange in der Küche, bis der Hase seinen Ausgang gefunden hat. Ich will hier keinen Hasenmord."

Erst einmal eine Kaffeepause, beschlossen wir mit hochroten Köpfen und die Sandalen wieder einsammelnd. Atemlos saßen wir wieder in unseren Gartenstühlen, rauchten eine Zigarette, als Janni herum rannte wie ein Brummkreisel und schrie: „Wespen, Wespen" Ja, jetzt merkten wir es auch. Im Innenhof und unter dem Pfirsichbaum waren ungeheuer viele Wespen. „Kommt man denn hier nie zur Ruhe" schimpfte ich. Wir beobachteten den Flug der Wespen und stellten erstaunt fest, dass sie alle das gleiche Ziel ansteuerten, unsere Hauswand. Zwischen den roten Ziegelsteinen in den alten Fugen waren unzählige Löcher und da flogen sie hinein und wieder heraus. Die ganze Wand unterhöhlt mit Wespennestern. Toll, das auch noch. Die Löcher müssen zu, auch wenn wir damit ein Wespenmassaker anstellen, wir nahmen also kleine Kieselsteine, davon lagen genug in unserem Innenhof herum und stopften die Löcher sorgfältig damit zu. Nach ein paar Tagen flogen keine Wespen mehr aus den Fugen, wir hatten alle ermordet. Ab und zu kam mal noch eine angeflogen, suchte irritiert ihre Haustüre, stand fliegend vor einem Kieselstein, versuchte sich durch zu quetschen, nach einiger Zeit gaben sie auf und flogen weg. Auch klackte es manchmal, weil ein Kieselstein auf die Erde fiel, dann hatte eine Wespe es geschafft, den Stein von innen heraus zu drücken. Wir zuckten innerlich jedes Mal zusammen, uns war gar nicht wohl; Wespenmörder – die wir waren. In unserem kleinen Wäldchen, das sich bei uns in einer Gartenecke befand, hatte ich Hummeln entdeckt, sie kamen aus einem Erdloch, das wusste ich bis dahin nicht, dass sie in der Erde ihre Nester haben. Wir ließen sie in

Frieden, denn sie taten Janni und uns nichts, es war sogar schön, die pelzigen Brummer zu beobachten.

Der nächste Morgen war mein Geburtstagsmorgen. Ich hörte Gudrun und Janni in der Küche flüstern und herumwuseln, dann riefen sie „Du kannst kommen, Geburtstagskind" Die Küche war mit einer bunten „Happy-Birthday-Girlande" geschmückt, Kerzen standen auf dem Tisch und einige Geburtstagspäckchen. Janni und Gudrun standen nebeneinander und sangen „Happy Birthday", Janni stand in seinem himmelblauen Schlafmann mit seinen zarten hellblonden Locken, nahm seine bunte Plastiktrompete und spielte mir ein selbst ausgedachtes Geburtstags-Quietsche-Lied vor, legte nach Beendigung dann die Trompete fest an sein rechtes Bein und machte eine tiefe Verbeugung. Ach war das schön, ich war richtig gerührt. „Hast du das mit Janni eingeübt?" fragte ich Gudrun „die zackige Haltung der Trompete, wie ein kleiner Soldat und dann die Verbeugung." „Nein" lächelte Gudrun stolz „das hat er sich ganz alleine ausgedacht."

Meine Geburtstagsparty wurde ein voller Erfolg, es gab nur eine kleine Aufregung wegen der Hunde. Ein Pärchen hatte seinen Hund, einen winzigen Yorkshire, mitgebracht. Falco wollte ihn, wie das ja bei Hunden üblich ist, kennen lernen und beschnüffeln, aber das Herrchen erlaubte es nicht und hielt das Hündchen zum Schutz die ganze Zeit hoch über seinen Kopf. Er hatte wohl Bedenken, dass Falco denken würde, es wäre eine Maus und ihn fressen wollte. Ja und weil Falco den Hund so hoch oben blöd fand und der Hund ihn auch noch ständig aus luftiger, sichere Höhe ankläffte, sprang Falco natürlich ständig um das Herrchen herum und versuchte zu guter letzt auch noch mit seinem Dreckpfoten, hochaufgestellt an Herrchens hellbeigem Hemd das kleine Hündchen zu erreichen. Da war das Maß voll, wütend, verärgert und verdreckt verließen Herrchen, Frauchen und Hundchen (immer noch über den Köpfen zappelnd und kläffend) meine Grillfeier. Aber ansonsten ein voller Erfolg.

Typische Sonntage am Vinnbusch

Sonntags deckten wir unter dem Pfirsichbaum den Tisch und frühstückten herrlich lange im Garten. Danach zogen wir mit Büchern, Kaffee, Zigaretten und Gartenliegen bewaffnet unter den alten Kirschbaum im hinteren Teil des Gartens. Dort verbrachten wir den Tag. Jannik schaukelte oder rutschte, die Rutsche hatte ich zu einer Wasserrutsche umgebaut, einfach einen Gartenschlauch angebracht und die Rutsche in ein Planschbecken gestellt, so rutschte er mit Schwung in das Planschbecken – nicht nur er - Gitta und ich auch. Was für ein Spaß.

Aber auch Schaukeln musste gelernt sein, wir durften nicht so schaukeln, wie wir es wollten, hin und her, kreuz und quer und schief und dabei lachen. Nein, Jannik, das kleine Kerlchen, schrie und schimpfte mit uns, denn so schaukelte man doch nicht!!! Richtig musste es sein, gerade und mit ernstem Gesicht. So hatte es ihm meine langjährige Reitlehrerin beigebracht, und nicht so albern wir es taten.

Dann lagen wir gemütlich auf unseren Liegen, rauchten, lasen, dösten vor uns hin, solange Jannik und Falco das zuließen. Jannik wollte, logisch, bei diesem tollen Wetter barfuss im Garten laufen und spielen. Doch ständig krabbelte er pitschnass zu uns auf die Liege und weinte herzzerreißend, weil im Garten sooo viele „Brennelchen" ihm die Füße verbrannten.

Auch Falco ließ uns nicht in Ruhe, entweder kam er ganz dicht an uns Liegenden heran und starrte und hechelte uns in unsere Gesichter oder er stieg, ohne auf unsere Proteste zu achten, zu uns auf die Liegen, welche nicht selten unter seinem Gewicht mit uns allen zusammenklappten.

Abends kochten wir nicht – sondern wir bereiteten uns leckere Salate zu, um diese wieder unter dem Pfirsichbaum auf unserer Terrasse zu essen. Wir zündeten Teelichter und Kerzen an, tranken Wein und „Jagdstolz", aßen, redeten und lachten bis tief in die Nacht hinein.

Unsere einzigen Nachbarn, ein älteres Ehepaar von gegenüber, die „Albersmeyer" und ein jüngeres Ehepaar , Jürgen und Mariann, mit ihren Zwillingen in Janniks Alter, von nebenan, langweilten sich kurze Zeit vor ihrem Fernseher oder stumm in ihren eigenen Gärten, um dann zu den „Schwestern" unter den Pfirsich zu gehen, wo doch immer viel gelacht, gealbert und gequatscht wurde.

Meistens fanden wir das o.k., wenn die Nachbarn auch zu uns kamen, doch manchmal wollten wir einfach alleine dort sitzen und den Sommer genießen. Dann sprangen wir, sobald wir die Schritte von den Nachbarn im Kies hörten auf, rafften nur Zigaretten, Wein, Gläser und Kerzen und flüchteten in Gittas Zimmer. Schnell die Türe zu und mucksmäuschenstill. Kichern. Stille. Rufe von den Nachbarn "Hallo? Hallo, ihr, seid ihr draußen?" Keine Antwort, Schritte im Kies zurück in die eigenen Gärten... und wir wieder bewaffnet mit unserem Zeug hinaus unter den Pfirsich zum Reden, Schweigen, Lachen, den Sommer genießen...

Plötzlich ist Anton da

Eines morgens, es war April geworden, ging ich wie jeden Morgen mit meinem Aschekasten in den Garten zum Misthaufen, gleich hinter dem Haus neben dem alten Hühner- und Gartenhaus. Kurz um die Ecke stand ein niedriger aber alter kräftiger Pfirsichbaum, zarte hellgrüne winzige Blätter trieben schon aus, ebenso bei den vielen anderen alten Obstbäumen in unserem Garten. Unter unserem ausladenden uralten Kirschbaum seitlich auf einer Wiesenhälfte ein Meer von Schneeglöckchen. Ich genoss dieses Frühlingswunder jeden Morgen und freute mich schon auf die Obstblüte, der unseren großen Garten in einen dicken und dichten weiß und rosa Blütentraum verwandelte. Ganz leicht wärmte schon die Sonne und ich rekelte mich ein bisschen darin, um dann meinen Weg zum Ascheausleeren wieder aufzunehmen. Das Ausschütten staubte fürchterlich und mein Trick war dabei: Kasten niedrig halten, schütten und dann schnell wegrennen, bevor der Aschestaub hoch flog in mein Gesicht, in die Augen, in Haare, Nachthemd und Gartenstiefel.

Gartenstiefel, lernten wir kurz nach unserem Einzug, grobe Gartenstiefel waren unbedingt ein Muss, denn Garten und Hinterhof waren noch nicht bearbeitet und gerade im Winter bei Schnee und Regen war die Erde ein einziger Matsch, in dem wir knöcheltief versanken und die Erdklumpen an den Hausschuhen kleben blieben, wie wir feststellten, als wir unsere guten Hausschuhe in den Müll warfen. Jetzt stehen an der Gartentüre immer drei Paar Stiefel parat. Auch durch die Schule „immer erst die Asche und dann das Duschen" musste ich gehen, besonders bei windigem oder stürmischem Wetter und stets die Windrichtung erforschen.

Dieses Mal sah ich aus den Augenwinkeln beim Weglaufen irgendetwas auf dem Pfirsichbaum. Ich stoppte und sah eine Katze. Die Katze lag auf dem unteren dicken Ast, wohl um sich in der Sonne zu wärmen. Sie sah grauenhaft aus, sodass ich nicht wagte, sie zu streicheln - ich als Katzennärrin. Mit ihren grünen Augen musterte sie mich, lief aber nicht weg. Ihr schwarzweiß geflecktes Fell war über und über verdreckt und verkrustet und ihr Katzengesicht, das Alter und Lebenserfahrung wiederspiegelte, war ebenso krustig und mit einigen Borken und Wunden bedeckt. Ich dachte: "Na du alter Streuner, dann sonne dich hier etwas, aber danach stromer weiter. Am Abend erzählte ich Gudrun von diesem Katzenbesuch.

„Schauen wir gleich mal, ob die Katze weiter gezogen ist". Wir gingen zum Hühnerhaus, nichts, keine Katze da. „Gott sei Dank". Plötzlich sagt Gudrun: "Da, guck mal!" und richtig, auf dem niedrigerem Dachteil lag die Katze. Gudrun meinte auch, sie sehe ganz schön bös zerschunden aus, höchstwahrscheinlich sogar krank. Krätze oder Räude, auf jeden Fall mit allerlei Ungeziefer befallen. „Hoffentlich geht der wieder." Uns beiden erschien er als Kater, so gelassen, erfahren und dann dieser kräftiger Katerkopf. „Auf gar keinen Fall füttern" beschlossen wir "dann geht er schon seiner Wege".

Wir hatten natürlich auch Bedenken, dass der Kater unsere Tiere mit einer Krankheit anstecken könnte aber sofort mit Ungeziefer. Der nächste Tag: morgens - der Kater liegt auf dem Hühnerdach, abends – der Kater liegt im Pflaumenbaum. Wir müssen den Hühneraustieg versperren, bestimmt war er schon im Hühnerhaus, wo das Katzenfutter steht und hat sich ordentlich bedient, also Hühneraustieg verrammelt. Nächster Tag: morgens - Kater liegt auf dem Hühnerdach, abends: der Kater liegt im Pflaumenbaum. Nächster Tag: Morgens- der Kater liegt auf dem Hühnerdach, abends - der Kater liegt im Baum.

„Der Anton ist immer noch da" sage ich zu Gudrun, die gerade Möhren schält. „Was für ein Anton?" fragt sie zurück. „Ja, der Kater, ist doch so ein richtiger Anton, stur, dickfellig, bleibt einfach. Nächster Tag: Morgens – Anton immer noch da, abends - Anton immer noch da. Der arme Kerl, drei Tage nichts zu futtern bekommen, dass bei uns ein Tier durch verhungern zu Tode kommt, das wollen wir aber auch nicht. Also Hühneraussstieg wieder aufgemacht. Dann soll er halt gucken, wie er zu Recht kommt, vielleicht lässt sich Salinschen ihr Futter gar nicht wegnehmen, duldet keine andere Katze in ihrem Hühnerhaus.

Wir überlegten – konnte es sein, dass er die Katze von der alten Frau Wagner war und dies hier wohl möglich sein zu Hause. Der Sohn hatte nichts dergleichen erwähnt. Wir grübelten hin und her und plötzlich fiel uns wieder ein, dass vor einigen Wochen im Keller eine fremde Katze gewesen war. Ich wollte zu der Zeit in den gruseligen Kohlenkeller und plötzlich sah ich wie blitzschnell etwas um die Ecke huschte. „Gudrun, Gudrun, komm ganz schnell, bei uns im Keller ist hoffentlich nur eine Katze oder so" (natürlich dachten wir auch an Ratten und machten innerlich „Ggrrh"). Mutig und uns forschstellend: „Da müssen wir halt einmal nachsehen!" marschierten wir in den Keller, wir hatten ja auch keine andere Wahl. In unseren alten, niedrigen und düsteren Kellerräumen war nichts. „Es ist mehr in die andere Richtung gehuscht" sagte ich zu Gudrun.

Die andere Richtung war der kleine Kellerraum des Sohnes, den wir auch schon einmal mit Grauen besichtigt hatten (den Kellerraum - nicht den Sohn). Er war komplett mit altem, undefinierbarem Gerümpel vollgestopft. Bretter, Platten, Balken, dazwischen Kohlehaufen, ein halbes verrostetes Fahrrad, Müll und diverse gefüllte Plastiktüten. Man konnte gerade einmal zweieinhalb Schritte in den Raum gehen. Zu allem war natürlich die Beleuchtung kaputt. Eine winzige Lichtquelle war ein kleines verdrecktes, mit Spinnweben verziertes Kellerfensterchen. Die Besichtigung hatte uns damals schon gereicht.

Mit vor Ekel und Grauen aufgestellten Haaren schlichen wir dicht aneinander gedrängt in den Ekelkeller. Irgendwie hüpften wir ständig von einem Bein auf das andere, wir fühlten schon Mäuse, Ratten und Spinnen an unseren Beinen. Aber auch in diesem Raum war nichts zu sehen. Da kam Gudrun auf die glorreiche Idee, doch einfach mal irgendein

Brett aufzunehmen und auf diesen ganzen Gerümpelhaufen zu schmeißen. Mit einem Satz waren wir aber aus dem Keller, schreiend und hüpfend hielten wir aneinander fest. „Iiiih, was war das?" Gänsehaut schauerte über uns hinweg. Durch den Krach war etwas aus dem Gerümpel herausgesprungen und blitzartig durch das Kellerfensterchen verschwunden. Kellertüre zu knallen, Treppe hoch – war eins, oberste Kellertüre fest verriegeln. „Da geh ich erst mal nicht mehr runter" behaupteten wir beide. "Ich habe etwas Schwarz-Weißes gesehen, es müsste eine Katze gewesen sein" sagte meine Schwester „Mäuse und Ratten haben eine andere Farbe." „Ach" sagte ich "eine Katze ist mir am liebsten, aber wir müssen etwas tun. Das Kellerfenster muss zu. Die Katze gehört wem, die braucht nicht unseren Keller und Ratten und Mäuse brauchen wir nicht." Also wieder runter, Fenster schließen, "Jetzt aber erst mal einen Jagdstolz" sagte Gudrun. Mit angetrunkenem Mut ging es dann wieder hinunter und irgendwie, trotz Grauen und Gänsehaut, verkeilten wir mit einem Brett das Kellerfenster.

Als wir uns an dieses Kellererlebnis erinnerten, rief meine Schwester: „Das ist er, die Katze, die uns im Keller solch einen Schrecken eingejagt hat und jetzt ist er im Garten, weil er nicht mehr durch das Fenster hineinkommt." Vielleicht hat die alte Frau Wagner ihn ja immer gefüttert, dass er so an diesem Haus hängt und das hier als sein zu Hause betrachtet, na dann soll er halt bleiben, denn seine Anhänglichkeit rührte uns doch.

Wir ergeben uns!

Einige Tage später gehe ich zum Füttern ins Hühnerhaus, wer hat es sich dort bequem gemacht – Anton. Anton liegt schön gemütlich im Warmen, oben auf dem alten Werkzeugschrank. Auf dem Boden wuselt Salinchen. Hat Anton es doch geschafft, sich durchzusetzen und ist auch von Saline aufgenommen und akzeptiert worden – und das, wo Saline doch so zickig ist. Zwei Katzen kriegen wir auch satt. „Aber nicht ins Haus", rufen wir wie aus einem Munde. „Fremdkater Anton" (Namenserfindung meiner Schwester

Gudrun) bleibt im Hühnerhaus und im Garten. Mit Staunen beobachten wir Fremdkater Antons Verwandlung vom hässlichen Entlein zum schönen Schwan. Von Tag zu Tag wird das Fell sauberer, Macken und Borken verschwinden, Löcher im Fell wachsen zu, das Fell wird dicht und glänzend. Die Augenränder, Kratzer und Wunden heilen ab und plötzlich haben wir einen hübschen, kräftigen, aber noch scheuen Kater. Selbstverständlich bekommt er nach einiger Zeit auch ein Körbchen mit Decken, denn Saline hat ja auch ihr eigenes Körbchen und nicht viel später gehört er zu uns, unser Kater Anton – ohne Fremd, ja so war das.

Ninas Geburtstag

Unsere kleine Nichte Nina hatte ihren zehnten Geburtstag. Wir saßen mal wieder im Garten und überlegten, womit wir ihr eine Freude bereiten konnten. Eigentlich wünschte sie sich sehnsüchtig ein Pferd bzw. ein Pony, das kam aber bei unserem Bruder nicht in Frage, nicht weil er nicht tierlieb war, sondern der Betreuung und des Zeitaufwandes wegen. Nina hatte schon einige Katzen, aber ein Pony war ihr Wunschtraum. Plötzlich sagte Gudrun: "Ich habe es – eine Ziege, eine kleine Bergziege". Sie kannte sich damit aus und hatte zu ihrem Pferd selber schon einmal eine Bergziege gehabt. Pferde, besonders nervöse, fühlen sich in Gesellschaft einer Ziege sehr wohl und werden dadurch ruhiger und ausgeglichener. „Eine Ziege ist ideal," meinte Gudrun „sie beansprucht keine Zeit, steht im Stall oder auf der Wiese, bekommt einmal am Tag Futter und was das Besondere an Ziegen ist, sie sind sehr gelehrig - weil verfressen, spielen gerne und sind gesellig" Ja, tolle Idee, das machen wir, werden die alle staunen, wenn wir mit der Ziege ankommen. Uns packte bei der Vorstellung schon Freude und Begeisterung. Wir stellten uns schon unseren Bruder vor, wie er temperamentvoll, wie er war, darauf reagieren würde, Platzmangel hatten sie nicht – im Gegenteil, ein großes altes Wohnhaus mit riesigem Garten und etlichen Nebengebäuden, Remisen und Türmen, es war früher einmal eine Kaffeefabrik und auch ländlich zwischen Feldern und Wiesen gelegen.
„Woher bekommt man denn eine Ziege?" fragte ich. „Im Zoo" sagte Gudrun „ da habe ich meine ja auch gekauft, ich rufe gleich morgen an und frage nach." Und es war möglich, sie hatten gerade kleine junge Ziegen, die von der Mutter entwöhnt waren. Am entscheidenden Tag holte Gudrun die kleine braune Ziege mit weißem Stirnfleck ab. Der Kübelwagen von Gudrun war wie geschaffen für solche Aktionen. Gudrun stellte die Ziege auf die Rückbank und nahm noch von der Beifahrerseite das Steckfenster heraus,

damit die Ziege auch ordentlich Luft bekam. Bevor sie mich am Vinnbusch abholte, musste sie allerdings noch tanken. „Das war ein Aufstand an der Tankstelle" lachte sie „die Ziege streckte ihren Kopf aus dem Fenster und schrie und meckerte hundserbärmlich." Die Arme war doch vorher noch nie Auto gefahren, noch nie von Mama-Ziege weg und wusste auch so nicht, was mit ihr geschah. Das hatten die Leute noch nicht gesehen, eine Ziege im Auto, herrlich die Gesichter. Wir hatten der Ziege auch ein schönes rotes Halsband gekauft und eine rote Lederleine und ihr gleich umgelegt. Dann standen wir vor Rainers Haustüre, die zwei Schwestern „Lästig" und „Fürchterlich", wie er uns (hoffentlich) nur zum Scherz nannte, Janni und die Ziege Lisbeth. Während der Fahrt hatten wir uns einen Namen für die Ziege ausgedacht, ich kam auf „Lisbeth", aber nicht mit langem „i" gesprochen, sondern mit scharfem „ß", so richtig dörflich, plattdeutsch „Lißbett".

Wir schellten und der Tumult, der dann entstand, ist nicht zu beschreiben. Nina war hellauf begeistert, Karin (unsere Schwägerin) fiel fast in Ohnmacht, Oma und Opa waren fassungs- und sprachlos und die Gästekinder juchzten und „krieschen" (Wort von Oma Hanne), Bruder Rainer blieb die Luft weg, bekam einen knallroten Kopf (vor Wut?) und drehte sich wortlos um und war weg. Inzwischen hatte Nina unter Johlen die kleine Lisbeth durch das Wohnzimmer in den Garten geführt. In diesem Moment stürzte Rainer mit einem riesigen Vorschlaghammer in der Hand auf uns und die Ziege zu. Nina totenbleich geworden, schrie immerzu: „Papa nicht, Papa nicht." Er kümmerte sich nicht darum, kniete sich vor die laut meckernde Ziege, holte kräftig aus und schlug lässig einen Pflock in den Rasen für Lisbeth. Nina drückte sich fast weinend an ihren Papa „Papa, Papa, ich dachte schon du wolltest Lisbeth erschlagen". "Auf welche Ideen ihr immer kommt" grinste er.

Lisbeth gewöhnte sich schnell ein, Bruder Rainer machte ihr einen schönen Stall zurecht, in dem auch die Katzen lebten – es war wie ein zweites Kinderzimmer mit großem Fenster, teilweise Teppich, teilweise gefliest, Tisch, Couch, Stühlen, Kleiderschrank für die ganzen Futtervorräte und allerlei Spielsachen. Vor dem Katzen- und Ziegenhaus umzäunte er ein großes Stück Wiese. Anfangs suchte Lisbeth den intensiven Familienanschluss und wollte gerne mit ins Haus, aus diesem Grunde büxte sie manchmal aus, stellte sich vor die Terrassentür, mitten in der Nacht oder in aller Frühe und meckerte und schrie so laut sie konnte, und sie konnte....

Sie schlich sich auch einmal, als Rainer und Karin zum Einkaufen waren, in das Wohnzimmer und fraß dem Benjamin-Bäumchen sämtliche Blätter ab. Nina und Jenny, um das Wohl der Ziege besorgt und um das Geschehene zu vertuschen, schnitten aus DIN A 4 Schreibpapier Blätter aus, malten sie grün und klebten sie mit Klebeband wieder an das Bäumchen, abends sah man Karin beim Abendessen verstört, irritiert und nachdenklich immer wieder zu dem Bäumchen sehen ....

Nina brachte Lisbeth allerlei Kunststücke bei, über Balken balancieren und durch den Hulahup-Reifen springen, diese wurden dann auf jeder Feier vorgeführt. Anfangs war unser Bruder ihr gegenüber reserviert, doch irgendwann bemerkten wir, er hatte sie richtig in sein Herz geschlossen, brachte ihr vor dem Zubettgehen ein Leckerchen und sagte ihr „Gute Nacht". Nur Ninas kleine Schwester Jenny und Lisbeth mochten sich nicht, Jenny konnte gerade erst wackelig laufen und wenn sie durch den Garten wackelte, kam mit Sicherheit Lisbeth angeschossen und gab ihr einen kräftigen Schubs mit den Hörnern, so dass Jenny im hohen Bogen auf der Nase landete. Jenny ließ sich dass ein paar Mal (aus Angst vor Lisbeth) gefallen, doch dann wurde sie sauer und setzte sich zur Wehr. Immer wenn Lisbeth verträumt auf der Wiese stand und wiederkäute, schlich Jenny sich heimlich von hinten an die Ziege und gab ihr einen kräftigen Tritt in den „Allerwertesten" so dass Lisbeth laut meckernd die Flucht ergriff. Familienspaziergänge waren ein Bild für die Götter, Karin und Rainer vorne weg, Nina und Jenny dahinter und darum herum die Katzen, Lisbeth und Bano-Hund (es war auch noch ein blonder großer Briard in die   Familie aufgenommen worden). Inzwischen ging Lisbeth ohne Leine, hörte aufs Wort und trabte munter überall mit hin, manchmal hörte sie jedoch nicht, wenn es wieder Richtung Heimat ging, dann war sie nur mit Lakritz zu überreden.

Auch der „Abendeinschluss" war ein Schau- bzw. Hörspiel, Nina ging durch den Garten und rief mit glockenheller Stimme „Lecker, Lecker, Lecker" und von überall her strömten die Katzen und die Ziege in den Stall zum Abendessen. Gern hätten Nina und Jenny von Lisbeth Nachwuchs gehabt und als Nina hörte, dass vom Nachbarhof ein Ziegenbock abzugeben war, überredete sie ihre Eltern, diesen Ziegenbock zu kaufen. Max war sein Name. „Erst mal zur Probe" sagte Rainer und Max wurde geholt. Lisbeth verliebte sich aber nicht in Max, nein, sie mochte diesen Max nicht. Nach einigen Tagen wurde Max auf die kleine Wiese vor dem Stall gestellt, Rainer hatte in der Mitte einen großen Holzhaufen aufgetürmt, denn Ziegen klettern gerne, besonders in die Höhe und mögen auch sonst irgendwelche Spielereien. Max kletterte ordentlich auf dem Holzhaufen herum und wenn er oben angekommen war, meckerte er ganz stolz – ein besonderes Triumphmeckern. Abends als Rainer in das Haus gehen wollte, hörte er ein ganz besonders lautes Triumphgemeckere. „Mal sehen, was da los ist" dachte er und ging um das Haus herum zum Stall. Aber das, was er dann dort sah, traf ihn wie ein Donnerschlag. Da stand Max, hoch oben, aber nicht auf dem Holzhaufen, sondern auf seinem funkelnagelneuen Auto, hoch oben auf dem Autodach. Jetzt können wir uns unseren Bruder gut in solchen Situationen vorstellen, aber das hätten wir doch gerne live miterlebt. Er wollte den Max vom Dach herunterjagen, so sprang Max auf die Motorhaube, wieder auf das Dach und schließlich hinten über den Kofferraumdeckel ab in den Stall. Die Lackierung des Autos war komplett hin, es war ein beträchtlicher Schaden entstanden, besonders weil, wie unser Bruder später erzählte, Max auch noch zwischendurch bockig und zornig mit den kleinen Hufen aufstampfte.

Bruder Rainer muss förmlich wie eine Rakete explodiert sein. „Maaaaaax, runter daaaa!" Danach musste Max leider wieder nach Hause auf den Nachbarhof. „Du liebe Zeit", sagten wir und lachten Tränen „stell dich doch nicht so an, er wusste doch nicht, dass das ein Auto ist, es war nur eben viel höher als der Holzhaufen".

Der Kübel muss weg!

Seit sieben Jahren fuhr ich einen alten ausgedienten Bundeswehr-Jeep, genannt „Kübel". Es war ein lustiges oliv – grünes Auto mit Stoffverdeck, also als Cabrio zu nutzen, zusätzlich konnte man die Frontscheibe nach vorne klappen und die restlichen Scheiben herausnehmen. So saß man wie in einer großen Badewanne und konnte während der Fahrt, die Natur genießen.

Hinten auf dem Rücksitz saß gewöhnlich bei Wind und Wetter quietschvergnügt mein kleiner Jannik mit Flieger-Lederkappe auf dem kleinen Köpfchen und daneben stand der mit seinem Zottelfell wehende Falco – beide bzw. wir alle genossen das Cabriofahren sehr.

Doch nun ging es nicht mehr, mein Kübel verbrauchte neuerdings unbändig viele Liter Sprit, dann sprang er nicht mehr an, wenn ich es wollte und zusätzlich fuhr er nicht mehr, sondern sprang, hüpfte und knallte wie ein Feuerwerkskörper über die Straße.

Außerdem wollte ich neuerdings ein seriöses, zuverlässiges, gepflegtes Auto besitzen und wenn ich etwas wollte….

Kurz und gut, mein lieber Exfreund und Vater meines Janniks kaufte mir einen kleinen, neuen, schwarzen Fiat. Nach kurzen Diskussionen musste er einsehen, dass ich seinen Sohn nicht mehr in diesem alten, zugigen Kübel sicher transportieren konnte. Ich war zufrieden und fand mein neues Auto schön.

Doch der Kübel musste weg. Ein bisschen wehmütig wurde mir doch schon ums Herz, hatten wir doch viel Spaß zusammen gehabt, mein Kübel und ich. Eigenhändig hatte ich ihn in „Sahara-beige" umlackiert und viele lustige Fahrten mit ihm gemacht. Doch die Zeit war reif für eine Veränderung.

In einer Zeitung inserierte ich: "Alter Kübel für 500,--DM an Bastler abzugeben." Keine Reaktion, kein Anruf, kein Interessent! Jetzt wurde ich sauer. „Schöner, gepflegter Kübel zu verkaufen, VB 2000,--DM". Jaaa, das Telefon stand nicht still. Ein junges Pärchen wollte sofort vorbei kommen und sich das Auto ansehen. Kein Problem! Nur der Kübel wollte nicht anspringen. Keinen Ton gab er von sich. Mike, mein privater Kfz-Mechaniker (den musste man bei so einem Auto schon haben) war nirgendwo aufzutreiben. HILFE. Einmal mit dem Wasserschlauch nass gespritzt (der Lack glänzte dann schön), das Verdeck verlockend herunter geklappt (es war ja schönes Wetter) – so sah er wenigstens schön aus, wenn er schon nicht fuhr.

Da kam auch schon das Pärchen, mit „Oh- und Ah-Rufen" gingen sie um meinen Kübel. „Ach ist der schön, den nehmen wir." „Ja, schön ist er", sagte ich „aber ihr könnt jetzt momentan nicht damit fahren, mein Kfz-Mechaniker hat die Batterie ausgebaut, da stimmt irgendetwas nicht mit" flunkerte ich. „Macht gar nichts, aber er fährt?" „Jaaah, er fährt – na, so wie ein Geländewagen halt" sagte ich leise und dachte an die wilde, bockige Hopserei von den Vortagen.

„Gut, dann unterschreiben wir jetzt den Kaufvertrag und holen den Wagen dann morgen ab".

Mike, dachte ich – Mike - Hilfe. O.k., kaum war das Pärchen weg, versuchte ich, Mike zu erreichen und, dem Himmel sei Dank, er ging ans Telefon. „Du musst sofort kommen!" rief ich aufgeregt von einem Bein aufs andere hüpfend ins Telefon. "Ich habe den Kübel verkauft, doch er springt nicht an und wenn doch, dann fährt er nicht sondern springt und hüpft. Bis morgen muss er fahren. Mike, bitte...." Auf Mike war Verlass. Kurze Zeit später war er da, wir schoben den Kübel von der Straße in den Garten, damit Mike ungestört arbeiten konnte. Hinter der Hecke im Garten schaukelte Janni auf seiner Schaukel, Mike friemelte am Auto herum und ich half ihm, indem ich um ihn herum sprang, ständig etwas quasselte. „Geh doch mit Janni schaukeln." Reichlich genervt von mir und meinem Auto schickte er mich zu Janni in den benachbarten Teil des Gartens. Von da aus sah ich nur wie Mike eifrig ab und zu im Motorraum hantierte und versuchte das Auto zu starten, er schraubte da und drehte dort –

plötzlich ein Knall, - eine Stichflamme, Mikes Gesicht kohlrabenschwarz, der Motor lief, der Kübel brannte.

„Löschen" schrie Mike „Löschen". „FEUER, FEUER, FEUERWEHR" schrie Janni panisch von seiner Schaukel herunter. Ich platzte fast vor Lachen, konnte kaum den Wasserschlauch abrollen, um zu löschen. „Hysterie" dachte ich „ganz normale Hysterie, reiß dich zusammen." Japsend vor Lachen löschte ich den brennenden Motorraum und rannte dann zur Schaukel, um Janni zu beruhigen, der immer noch in einer Tour nach der Feuerwehr schrie.

In grau-schwarze Rauchwolken gehüllt stand Mike neben meinem Kübel. „Aber ich weiß jetzt, warum er nicht ansprang" meinte er und wedelte mit einem Lappen die Rauchwolken weg, wischte dann die schwarzen Brandspuren von der Motorhaube. Erst ließen wir uns bei einem Kaffee und zwischenzeitlich auch den Kübel abkühlen, um dann etliche verbrannte Kabel im Motorraum mit Isolierband zu umwickeln.

„Fertig - alle zurücktreten, das Auto wird gestartet!" rief Mike, doch von Janni sah man nur noch eine Staubwolke, so schnell war er im Haus verschwunden (vielleicht um schon einmal das Telefon für eventuelle neue Brandfälle zu holen).

Aber, alles ging gut – kein Knall, kein Feuer, kein Rauch – das Auto lief, es schnurrte geradezu. Na siehste, Mike wusste eben doch wie es ging. Wir „übten" einige Male, „Auto aus" - „Auto an", alles ging prima. Nur fahren, wie ein richtiges Auto, wollte er nicht, wie ein Frosch hüpfte er mit mir auf die Straße zurück.

Am nächsten Tag kam das junge Pärchen, um meinen Kübel zu holen. Nervös und von Gewissensbissen geplagt, überreichte ich ihnen den Schlüssel. Strahlend stiegen sie in ihren neuen Kübel, „Nur nicht anhalten" riet ich, mein Auto kennend, „egal wie er fährt oder was er macht, nur nicht anhalten, das gibt sich alles – nur nicht anhalten." Mit diesen Worten hüpften sie los. „Sie fahren, sie fahren" kreischte ich und rannte in den Garten, kletterte auf das Schaukelgerüst, um die Abfahrt meines Autos besser sehen zu können, Gitta kletterte hinterher. „Nein, sie hopsen" schrie sie lachend. Nervös, aufgeregt und lachend beobachteten wir, wie das junge Pärchen mit dem offenen Kübelwagen, wie auf einem wild gewordenen Stier, den Feldweg hinunterbockte. Kurz vor der alten Gärtnerei knallte der Kübel noch einmal, stieß eine große schwarze Rauchwolke aus und hüpfte mit seinen uns zuwinkenden Insassen um die Kurve.

Der Kübel war weg!

Anton, wer bist du?

Es ging auf den Sommer zu, die Abende waren schon hell und warm, wir wollten den Abend im Freien verbringen, es war schon warm genug für unseren Innenhof-Feierabendplatz. Links die Hauswand mit der Türe zu meinem Zimmer, vor Kopf die winzige, alte Garage und rechts von dieser abgehend eine ungefähr eineinhalb Meter hohe Mauer, bewachsen mit wildem Wein, Efeu gelben Nachtkerzen und meinen Lieblingsblumen Hortensien. Dies war unser Innenhof und, damit es nett und ordentlich aussah, hatten wir die Erde mit Kies abgedeckt. Dort stand auch unser Pfirsichbaum und hier war unsere „Feierabendhauptaussenstelle". Gemütlich mit Tisch, Bank, Stühlen und Schaukelstuhl. Drumherum im Kies standen noch dicke Blumenkübel mit Geranien, Löwenmäulchen, Levkojen und weißen Margeriten. Unser Pfirsichbaum bildete mit seinen ausladenden Ästen und hellgrünen Blättern ein dichtes Laubdach und so konnten wir wie in einer umhüllenden Grotte dort die warmen Sommerabende genießen.

Gemütlich saßen wir bei einem Glas Wein, neckten unseren Janni-Jockel „Ich sehe was, was du nicht siehst", da kommen die Nachbarn – ein junges Ehepaar mit einem Zwillingspärchen. Er, Jürgen, ein patenter, handfester und solider Mann, arbeitet gerade mit einer Firma für Unterwäsche zusammen, Sie, Mariann (legte unerhört Gewicht auf das ungesagte „E", nämlich nicht Marianne), eine rotbackige, dralle, aschblonde Hausfrau und lautstarke Dompteuse ihrer Zwillinge. (Nach kurzem Kennenlernen erzählte sie uns vertraulich, dass sie beim Haus renovieren, die Zwillinge waren gerade erst mal vier Monate alt, ein Techtelmechtel mit dem Fliesenleger gehabt hatte und Jürgen ihr auf die Spur kam, es wäre ein fürchterlicher Eklat gewesen aber jetzt wieder alles vorbei, vergessen und verziehen) Also Mariann und Jürgen kommen zu einem Pläuschchen, Mariann ganz stolz nur in Unterwäsche von Jürgens Firma in „Feinripp", die ihren prallen Bauch prima betonte. Wir verbissen uns das Grinsen und diverse Bemerkungen.

Nach einiger Zeit wunderte ich mich, wo Anton denn blieb, es war die übliche Futterzeit und er seit einiger Zeit unerhört dick geworden, ließ doch sonst nicht auf sich warten. Ich stand auf und ging ins Hühnerhaus, Salinchen wuselte etwas aufgeregt umher, den Anton sah ich nicht, daher guckte ich in sein Körbchen, tatsächlich da lag er und schaute mich auf eine ganz besondere Art an, ohne sich zu rühren. Merkwürdig, dachte ich, sonst bei zu dichter Nähe läuft er doch immer ein Stückchen weg. Ich kam noch näher und immer noch schaute er mich intensiv und irgendwie berührt an. Da sah ich es – Anton hatte drei Katzenbabys bekommen. Jetzt war ich gerührt. Ach, Anton, ich streckte meine Hand aus und das erste Mal ließ er sich streicheln, verlieh mir seine Gunst und sein Vertrauen. Außer mir vor Freude lief ich in den Garten. „Gudrun, Gudrun, Anton hat Babys bekommen" Jetzt wurde er bewundert, gelobt und gestreichelt, wir sorgten dafür, dass bei ihm keine Unruhe oder Lärm entstand (durch die Nachbarn und Kinder) er sollte ja nicht in den Zwiespalt kommen, Angst zu haben und dadurch seine Babys verlassen zu müssen. Komplett aufgeregt und aufgedreht belachten wir unseren Irrtum über Anton – Anton hatte sich als eine Antonine entpuppt. Nun wurden erst einmal die Babys einzeln bestaunt, wir durften sie sogar aus dem Körbchen in die Hand nehmen. Winzlinge, mit noch verschlossenen Augen, aber mutig genug, uns aus ihren rosigen Mäulchen anzufauchen. Zwei Katerchen und ein Kätzchen. Das Kätzchen sehr klein, zierlich und in der Fellfarbe überwiegend weiß mit großen rotbraunen Flecken. Der größte pummelige Kater, wie Anton weiß mit schwarzen Flecken und dicker rosa Nase. Einfarbig schwarz aber mit braunem Unterton der Dritte im Bunde. Wir waren hingerissen von unserem Nachwuchs und dann fanden wir im Katzenkörbchen ein Kätzchen – es war tot. Weißgrau – ein Katerchen, wir waren ganz erschüttert, was war passiert? Wie oder wodurch ist das passiert? War das Körbchen zu klein gewesen für die Geburt, hatte er das Vierte vergessen in der Aufregung, kamen die Babys zu schnell hintereinander, so dass er sich nicht um ihn hat kümmern können oder hat er es ohne es zu bemerken erstickt oder erdrückt. Wir nahmen das tote Katerchen und vergruben es im Garten. Anton vermisste nichts, er war hochzufrieden und erschöpft mit seinen Dreien, die leise Piepsrufe von sich gaben und die Milchquelle suchten.

Anton erwies sich in den nächsten Tagen, als ausgezeichnete Mutter, er verließ keine Minute die Babystube und wir brachten ihm das Futter und so manche Leckereien an sein Wochenbett. Salinschen interessierte sich nicht für die Kinderstube, es waren ja auch nicht ihre, dachte sie vielleicht, „Was geht das Geschrei mich an". Nach einiger Zeit entwickelten sich bei uns Namensvorstellungen. Der dicke, Pummelige mit seiner rosa Nase und runden Teddybäröhrchen war absolut putzig. „Guck dir den an" sagte Gudrun "das ist doch ein total albernes, tollpatschiges Kerlchen, ein richtig alberner Helge!" Helge Schneider stand zu dieser Zeit hoch im Kurs bei uns beiden. Also hieß er Helge. Helge kam später mit fast drei Monaten zu unseren Eltern – probeweise!!. Denn eigentlich wollten sie keine Katze mehr. Nur unter Androhung, Helge müsse dann ins Tierheim, ließen sie sich erweichen. „Also zur Probe" sagte unser Vater, er mochte Helge gleich. Da wussten wir, Helge hat für immer ein neues zu Hause und so war es auch. Unsere Mutter, mit roten aufgeregten Bäckchen: "Den Namen übernehmen wir aber nicht. Ich stell mich nicht auf die Straße und rufe `Helge, Helge´. Das ist ja derart albern, da blamiere ich mich doch – mit diesem Namen, nein, also, das kommt überhaupt nicht in Frage". Wir dagegen fanden es gerade super lustig, aber leider sind wir nie in den Genuss gekommen, unsere Eltern „Helge" rufen zu hören, denn er bekam wirklich einen neuen Namen – bis heute heißt er Joschi, wieso ausgerechnet Joschi konnten wir uns auch nicht erklären. Aber Joschi ist ein schöner, großer, sanfter Kater geworden, mit einem wunderbar dichtem, langen Fell und sein immer stolz hoch gereckter Schwanz hat lange, wehende Fellhaare. Etwas kurze Beine hat er wohl und wenn man nicht genau hin guckt, denkt man „ein Dackel, ein Langhaardackel". Aber das darf man unserer Mutter nicht sagen, sie war dann, als Gudrun das erste Mal fragte: „Und, was macht denn der Dackelkater?" tödlich beleidigt. Unter uns sagen wir natürlich immer noch" Dackelkater", wir wissen ja wer er ist.

Der edle Schwarzbraune bekam den Namen „Noah" und das zierliche, niedliche Kätzchen nannten wir „Nelly". Die winzige, possierliche Nelly hatte mich für sich ausgesucht. Sie war mir zugetan, wieso, warum – keine Ahnung, ich hatte nichts Besonderes getan. Ihre Wahl fiel mir erst durch ihre Beständigkeit nach einiger Zeit auf. Klitzeklein lief sie vor meine Füße, schaute mich eindringlich an und wenn ich sie hoch nahm und sie sich in meine Armbeuge kuscheln konnte, war sie glücklich und zufrieden. Nach zehn Tagen öffnen Katzenbabys die Augen und schauen einen dumm und staunend mit großen blauen Augen an, nach weiteren zehn Tagen fangen sie an, sich auf ihre erst mal wackeligen Beinchen zu stellen, zuvor wird erst einmal gekrabbelt und gerutscht. Dann fangen sie an neugierig zu werden und wollen außer ihrer Kinderstube auch die andere Welt erforschen und genau das stellte uns vor einige Probleme. Falco, der keine einzige Katze mochte (im Gegenteil, Katze war für ihn Beute, juchuh Beute). Falco wohnte im Garten mit seiner Hundehütte. Salinchen war zwar auch im Garten und im Hühnerhaus, aber gewieft, wie sie inzwischen war, benutzte sie den kleinen Hühnerausstieg hinten herum zum Kompostgraben und von dort sofort auf die Bäume und in die Felder. Oft genug lauschte Falco an den „Hühnerhaustüren", urplötzlich startete er dann los und starrte immer wieder verärgert und blöde auf die Bäume, auf denen die Katzschaft saß und irgend wie doch „Ätsch" machte, indem sie lässig und ohne Falco anzusehen sich dort genüsslich rekelten. Aber nun die Winzlinge. Das

Hühnerhaus hatte zwar Türen, die schlossen aber zum Boden nicht dicht, so dass die Katzenbabys bequem darunter hindurch krabbeln konnten. Albtraumartige Vorstellungen befielen uns bei dem Gedanken, unser sonst so gutmütiger und gemütlicher Falco entdeckt unsere Winzlinge und beißt sie tot.

Also, was tun? Anton sollte ja nicht ins Haus, Saline nicht, er dementsprechend auch nicht, das wäre nun nicht fair. Nach einigem hin und her, fanden wir eine Zwischenlösung. Von unserem langen Hausflur führte eine Treppe in die erste Etage. Dort befand sich eine kleine Wohnung, die für den Sohn des Vermieters reserviert war, welche er aber höchst selten benutzte, da er auf Montage war. Die Treppe hatte einen Treppenabsatz ca. 2 x 2 m, und direkt darüber in der Dachschräge befand sich ein Dachfenster – das war besonders günstig. Anton zog um, er bekam eine schöne große Kiste mit weichen Decken, seine Futterschälchen und eine alte Holzleiter, die stellten wir an die Wand zum Dachfenster und so konnte er prima nach draußen klettern, um seine „Geschäfte" dort zu erledigen und seine Babys waren dort in Sicherheit. Anton kapierte diese Variante sofort – klasse – wir waren zufrieden.

Aber nicht lange. Am übernächsten Tag, ein Samstag, wir hatten herrlichen Sonnenschein, lagen die Winzlinge piepsend in der Kinderstube – ohne Anton. Na ja, er macht eben sein „Geschäft", dachten wir. Eine Stunde später, Anton immer noch nicht da, wir wurden etwas unruhig. Die Winzlinge waren erst einige Tage alt und müssten noch pausenlos versorgt werden. Also, Anton suchen, wir in den Garten – Janni-Jockel auch, rufen, locken, suchen. Jockel stapfte durch das Gras und schrie aus Leibeskräften „Antoon". Erfolglos, außer dass Jockel nach einiger Zeit anfing zu weinen und zu jammern „Jetzt müssen die Babys sterben", er hatte eine blühende Fantasie und konnte sich mit seinen drei Jahren schon in die Folgen einer Situation hinein denken. Jetzt mussten wir erst einmal Jockelchen beruhigen und trösten und gingen mit ihm zu den Winzlingen, die Gott sei Dank

quietschlebendig waren. Plötzlich kam Gudrun auf die Idee, die Leiter hoch zu steigen und aus dem Dachfenster Ausschau zu halten – und siehe da, Anton lag ganz weit hinten auf dem Hühnerdach und ließ sich die Sonne auf den Bauch scheinen. „Mensch Anton" rief Gudrun „da bist du ja, kümmerst du dich wohl mal um deine Babys" Anton fläzte sich gelassen und gleichgültig in der Sonne. Wir riefen und lockten ihn, nein, er rührte sich nicht. Inzwischen waren doch schon einige Stunden vergangen und die Winzlinge hatten bestimmt Hunger. Energisch sagte meine Schwester "Jetzt muss er aber kommen, ich locke ihn mit den Babys." Sie nahm ein Katzenbaby auf die Hand, das auch gleich fürchterlich maunzte, kletterte die Leiter hoch und hielt das Baby aus dem Dachfenster. „Anton, Anton, guck mal, hör doch, deine Kinder rufen dich." Gleichgültig drehte Anton sich vom Fenster weg. "Ich glaub es nicht, jetzt dreht der sich auch noch weg, er will nichts damit zu tun haben, als gingen sie ihn nichts an. Anton du böse Rabenmutter, egoistischer Kerl!" schimpfte Gudrun. Nun nahm sie zwei Babys in die Hand, auch das half nichts, er legte sich noch ein Stückchen weiter weg. Nichts zu machen, wir müssen abwarten. „Das kann doch nicht sein, dass Anton einfach seine Kinder im Stich lässt" grübelten wir und waren besorgt. Noch einige Male wiederholten wir die Babys-aus-dem-Dachfenster-Lockaktion. Anton blieb ungerührt, guckte durch uns hindurch, als kenne er uns und seine eigenen Kinder nicht. Gegen Nachmittag, ich glaube er fand uns jetzt nur noch fürchterlich lästig, setzte er sich in Bewegung und kam langsam über die Dächer gezockelt, sprang in die Katzenstube, legte sich „trinkbereit" und gierig schmatzend stürzten die Winzlinge auf ihre Milchquelle.
Wochenendfrieden breitet sich über uns.

Die wilde Rauferei

An zwei Tagen in der Woche brachte ich Janni morgens in den Kindergarten, ich stand dann früher als gewöhnlich auf, um, wenn er aufwachte, schon fertig zu sein und dann Zeit für ihn zu haben. Aber manchmal klappte es nicht, er wurde von alleine wach und trabte dann in seinem Schlafmann neben mir her und plapperte am Schnürchen. In die Küche, in den Keller, egal wohin ich ging, er folgte mir wie ein kleiner Schatten, auch ins Badezimmer. Er hatte dort einen kleinen Tritt, damit er an das Waschbecken herankam und da setzte er sich dann drauf und plapperte und erzählte. Ich stand vor dem Spiegel und tuschte meine Wimpern, er beobachtete aufmerksam mein Tun. Plötzlich sagte er: „Ich habe viel schönere Augen als du." „Ja" sagte ich „die hast du wirklich." Seine Augen waren samtbraune Sterne. „Ich brauche mir nicht jeden Tag die Wimpern fegen" klärte er mich auf. „Meinst du hier die Wimperntusche?" fragte ich lachend. „Nein, den Besen, das ist doch ein kleiner Besen und du fegst dir damit die Wimpern". „Ja" sagte ich ernsthaft „ich muss mir die Wimpern fegen, damit ich auch schöne Augen habe".

So Wimpern fegen fertig, jetzt wollen wir Salinchen und Anton füttern und dabei müssen wir fürchterlich aufpassen, denn Falco, der gerne mal die Katzen ans Schlawittchen genommen hätte, drängelt an der Hühnerhaustüre und zu gerne wäre er mal da hinein gekommen. Ja, und dann kam was irgendwann einmal kommen musste. In einem unbeobachteten Moment drückte er die Türe auf und schoss in das Hühnerhaus. Die Funken stoben förmlich, schreien, fauchen, kreischen, bellen, weinen und mitten drin Janni, alles wild durcheinander, ein dickes Knäuel wog auf und nieder. Janni lag auf dem Boden und weinte, Falco hatte Saline im Maul. Ich schrie: „Falco aus!" aber er war wie im Wahn und am Ziel seiner Träume. Heftig zerrte und zog ich an ihm, nahm seine Ohren, schüttelte und schlug auf ihn ein. Saline hing aus seinem Maul, kreischte und zappelte wie verrückt. Nach einer Ewigkeit (so kam es mir vor) ließ er endlich los, Salinchen rannte wie ein Blitz weg und jetzt konnte ich mich um meinen Janni kümmern. Er war total aufgelöst, lag auf dem Boden und weinte immerzu: „Das Salinchen, das Salinchen ist so böse zu mir geworden, das Salinchen." Gerade sie hatte er in sein Herz geschlossen. „Und die Beine, in die Beine hat sie gebissen" weinte er herzzerreißend. Ich trug ihn in mein Zimmer, zog seine Schlafmannhose aus und sah die blutigen, tiefen Schrammen überall auf seiner kleinen zarten Haut. Janni war kaum zu beruhigen. „Warum hat das Salinschen mich so böse gebissen und gekratzt" war seine ständige Frage. „Komm, ich lege kalte Lappen auf die Beine, dann tut es nicht mehr so weh" versuchte ich zu trösten, immer wieder versicherte ich ihm, dass er nicht gemeint war, sondern Saline aus Angst vor Falco an ihm hochklettern wollte. Ich war fix und fertig, mein kleiner Janni so verletzt und traurig wegen meiner Unaufmerksamkeit. Aber noch schlimmer wurde es, als er mich mit Augen voller Tränen ansah und schluchzte: „Aber du solltest doch auf mich aufpassen!". Du liebe Zeit, ja wirklich, das sollte ich. Ich streichelte und küsste ihn und nach und nach beruhigte er sich wieder. Die Striemen und Kratzer waren noch lange zu sehen, er fragte oft, ob Salinchen böse auf ihn wäre. „Nein" versicherte ich immer wieder „du bist doch ihr Retter gewesen, wie an einem Baumstamm ist sie an dir hochgeklettert, weil sie Angst vor Falco hatte". Auch ich brauchte lange Zeit um mich wieder zu beruhigen, denn das „aber du solltest doch auf mich aufpassen" von meinem kleinen Janni ging mir lange nicht aus dem Sinn.

Grillfest

Es war Sommer, die Sonne brannte vom Himmel hinunter, wir verbrachten unsere Zeit im Garten. Tagsüber war bei uns im Garten viel Betrieb. Janni spielte mit den Nachbarszwillingen Jaqueline und Lutz, die ein kleines bisschen jünger waren als er. Lutz ein kleiner Tölpel, der aber auch wirklich keine Gelegenheit ausließ, zu fallen, sich zu verletzen, irgendeinem Unglück zu begegnen, der auch keine Chance hatte, jemals aus seiner misslichen Lage heraus zu kommen, da seine Eltern ihn schon mit „Tölpel-Lutz" und „immer musst Du..." oder „typisch Lutz..." anredeten. Sein kleines Schicksal schien besiegelt, da es ja bereits beim Namen benannt wurde. Er hatte immer, auch im Sommer eine richtige derbe „Rotznase". Ob vom vielen Weinen sich so viel Sekret bildete, ich weiß es nicht. Er hatte aber auch wirklich immer viel Pech, der kleine Kerl. Wenn Drei spielen und einem passiert etwas, einer verletzt sich, es war – immer!!! – Lutz.

Alle Kinder rutschen bei uns im Garten die Wasserrutsche herunter. Nein, es war keine richtige Wasserrutsche, es war eine normale Kinderrutsche aus Blech, deren Ende ich in das Planschbecken stellte, wenn dann die Kinder rutschen wollten, befestigte ich den Wasserschlauch oben am Haltegriff der Rutsche, dann ging es mit richtig Schwung und Tempo ab in das Wasserbecken. Zudem stand die Rutsche mitten im Garten, das heißt, sie bekam den ganzen Tag die Sonne ab und das Blech der Rutsche wurde im wahrsten Sinne des Wortes „brandgefährlich", aus dem Grunde also auch noch diese Wasserschlauchbesprenkelung, nicht allein wegen der Geschwindigkeit und Gleitfähigkeit. Alle Kinder rutschen, alle Kinder haben Badehosen an und toben durch den Garten, spielen, rennen, lachen – nur einer heult, weil er in die Brennnesseln fällt, sich das Knie aufschürft oder vor die große stabile Eisenschaukel rennt – Lutz. Jannik und Jaqueline beschließen nun „Verstecken" zu spielen. Ich stelle derweil, den Wasserschlauch ab – es rutscht ja keiner. Kinder spielen „verstecken" und lachen, wie gesagt es heult immer nur „Einer". Ich lege mich auf meine Liege und döse ein bisschen vor mich hin und lausche den spielenden Kindern. Ab und zu öffnete ich ein Auge um zu sehen, ob alles o.k. ist. Ja, alles o.k. Kinder rennen herum und lachen, alle drei!!

Dösen, schauen, dösen, schauen, Jaqueline und Janni klettern den kleinen, alten Apfelbaum hoch, hängen ein bisschen Kopf über an den dünnen Ästen, Lutz „Gott - sei Dank" nicht, er stapft barfuss und ohne Badehose (wo soll die denn sein?) durch den Garten – alles o.k. Augen zu. Nein, Augen wieder aufgerissen, „Nein, Lutz – nicht!" Er klettert gewandt, wie sonst nie, die Treppen der Rutsche hoch, setzt sich mit seinem nackten Popo hin und rubbelt (wegen des fehlenden Wassers) auch schon schrill vor Schmerz schreiend das glühendheiße Rutschen-Blech hinunter. „Lutz" schrei ich, starte los, natürlich – ohne noch irgend etwas rechtzeitig ausrichten zu können. Unten angekommen steht er im Planschbecken und schreit und weint herzzerreißend, ich schnappe ihn mir und werfe ihn und seinen kleinen roten Po, zum Abkühlen wieder ins Wasser. Nein, so ein armer, kleiner Lutz...

Nun, der Sommer war noch lange nicht zu Ende und auch die kleinen und großen Missgeschicke für Lutz nicht, es folgten noch weitere Blessuren u.a. wieder einmal bei uns im Garten, als ihn eine Biene in den „Allerwertesten" stach und er, wie sagt man so schön „wie angestochen" schreiend, brüllend im Kreis rannte. Es dauerte Minuten, bis dieser „Dauerton" von Lutz abgestellt wurde und ich erfuhr was denn eigentlich passiert war. Am gleichen Abend waren wir bei den Eltern der Zwillinge zum Grillen eingeladen. Frisch geduscht, mit einer Flasche Wein bewaffnet, zockelten wir durch den Kies zu den Nachbarn, wo sich schon einige Leute im Garten versammelt hatten. Gesessen wurde auf langen Bierbänken an langen Biertischen. Einige der Bänke waren sehr verstaubt und verschmutzt (das Haus wurde noch renoviert), Mariann stand seelenruhig, ihren runden Bauch vorstreckend, bei ein paar Leuten laut lamentierend, als ginge sie die Feier nichts an, Jürgen jedoch immer fleißig und auf „Zack", zauberte irgendwo einen Handfeger her, tauchte ihn kurzerhand in ein mit abgestandenem Regenwasser gefülltes Speissfass und ruck, zuck - über die Bänke - sauber waren sie, trocknen taten sie alleine.

Nun nahmen wir Platz und bestaunten das weitere Geschehen, es spielte sich innerhalb kürzester Zeit ab und ich glaube, nur Gitta und ich, wir beide haben es richtig bemerkt, schauten uns an und lachten wie verrückt. Jürgen ganz der fleißige Hausherr, Mariann hatte reichlich und ausgiebig Platz genommen, begrüßte neue Gäste, der Hund von Jürgen und Mariann, durstig von dem heißen Wetter, trank schlabbernd aus dem Speissfass, Jürgen bemerkte, dass keine sauberen Gläser mehr vorrätig waren – mit Marianns Hilfe war ja nicht zu rechnen, nahm Benutzte und spülte sie kurzerhand in eben diesem Speissfass aus, presste den Gästen die Gläser in die Hand, um dann mit dem Handfeger hektisch seine Katze vom Grill zu vertreiben, die gerade im Begriff war, sich Würste zu klauen. Dank Jürgens raschem Einsatz, gelang ihr das nur zur Hälfte, nämlich nur so, dass sie die Würste mit sich vom Grill riss und sie auf dem staubigen Boden verlor. Jürgen nicht faul, die Würste aufgehoben, auch wieder in das besagte Speissfass getaucht, mal kurz mit dem Handfeger drüber und zack wieder auf den Grill. Wir waren sprachlos, beteuerten beide, uns wäre nicht so gut – vom Magen her, wir hätten da wohl einen Virus, Essen – nein Danke, besser nicht. Aber es wurde trotz allem noch ein lustiger Abend, es wurde viel gelacht, getrunken und getanzt. Wir feierten und tranken etliche Flaschen Sekt und Wein mit Marianns Mutter, einer exaltierten, vornehmtuenden, blondierten Frau, mit einem Sonnenbank gebräuntem knusprigen Brathähnchengesicht (könnte glatt die Schwester von Queen Mum sein, mit ihrem königlichen Gehabe), die dann in den frühen Morgenstunden (noch immer im kurzen Tennisdress von mittags) hackenvoll von ihrem Mann zum Taxi manövriert wurde - mit hoheitsvollem Gehabe, huldvoll lächelnd und winkend, als wäre sie die Gräfin vom Vinnbusch, kurz vor dem Wagen jedoch so stark ins Trudeln geriet, dass sie rasant auf das Pflaster krachte, und dann auch noch den letzen Rest von Würde verlor, indem sie auf allen Vieren laut schimpfend und fluchend ins Taxi krabbelte.

Anton und seine Drollinge

Antons Winzlinge wuchsen und wuchsen, schon konnten sie krabbeln, dann richtig flitzen, das winzige Schwänzchen immer steil in der Luft. Sie kletterten aus ihrer Kiste und purzelten durch das Treppenhaus und den Flur, das war so drollig anzusehen, dass wir sie zu den „Drollingen" ernannten. Natürlich konnten wir nicht widerstehen und holten abends die Bande in unser Wohnzimmer, selbstredend mit Mutter Anton, der ja immer nur draußen bleiben sollte, das hatten wir uns ja fest geschworen. Janni und wir hatten solch eine Freude an den Drollingen, die über Couch und Stühle pesten. Anton besah sich das Treiben seiner Kinderschar und oft musste er eingreifen und jeden Einzelnen mal tüchtig schütteln, rütteln und kräftig durchputzen, um seine Autorität zu demonstrieren. Aber gerne ließen sie sich seine Gründlichkeit nicht gefallen und setzten sich heftig zu Wehr. Anton hatte mit seinem Pragmatismus mittlerweile eine neue eigene Art gefunden, rein und raus zu gehen. Er setzte sich einfach vor die Haustüre und miaute oder klapperte mit der Vorderpfote an dem Briefkasten und kam gelassen und selbstbewusst in die Wohnung, als wäre das das Selbstverständlichste der Welt und sein gutes Recht.

Wir hatten beschlossen, dass wir die Drollinge in einem Alter von zehn, elf Wochen in ihr neues Zuhause abgeben würden, aber wir wollten sie geimpft und entwurmt wissen und machten deshalb einen Termin bei unserem Tierarzt aus. Falco musste auch geimpft werden und Salinchen ebenso. Also, alle Mann in Gudruns Auto, Falco, Jannik, Gudrun, Saline in einem Körbchen, Anton in einem Körbchen, die Drollinge in einer Kiste und ich, war das ein Aufstand, als wir mit Sack und Pack dort eintrafen. Falco vor Angst schlotternd, Jannik vor Aufregung in einer Tour plappernd und hüpfend. Wir füllten das ganze Wartezimmer, Falco inzwischen wieder mutig geworden, begrüßte freudig alle

Sprechstundengehilfen und Wartenden, sprang an der Anmelde-Theke hoch, legte seine Pranken auf den Tisch, wedelte mit seinem Stummelschwänzchen und mit seiner tapsigen bärigen Art flogen Blumenvasen und Zeitschriften. Salinchen knurrte warnend aus ihrem Korb, Anton und die Drollinge waren lieb, hatten gleich einen kleinen Menschenauflauf um sich herum, Jannik fragte alle Leute ab, was sich in ihren Körben und Käfigen befand und verlangte dann von allen Anwesenden, dies im Chor zu wiederholen. Wie ein kleiner Dirigent stand er in der Mitte des Wartezimmers, zeigte mit seinem kleinen, dicken Zeigefinger auf einen beliebigen Korb und ließ die Wartenden im Sprechgesang aufsagen: „Ham-ster, Kat-ze, Hund, Ha-se". Die gesittete Ruhe im Wartezimmer war dahin und als alle unsere Tiere durchgeschleust waren und wir uns verabschiedeten, konnten wir ein erleichtertes Aufstöhnen vernehmen.

Eine Woche später sahen sie mich allerdings wieder, nur mit Anton. Anton hatte eine Gesäuge-Entzündung bekommen, er litt sehr und es sah schrecklich aus. Beim Tierarzt war er sehr geduldig und lieb, ließ sich auf den Behandlungstisch legen und untersuchen. Die Behandlung war sehr schmerzhaft und irgendwann hatte er genug davon, stand einfach still auf, kletterte auf meinen Arm und versteckte seinen Kopf in meiner Halsbeuge. Ich war ganz überwältigt von seinem Zutrauen, ich könne ihn beschützen. Nach kurzer Zeit durften wir endlich nach Hause, versorgt mit Tabletten und einer Salbe, die ich täglich auftragen musste. Gott sei Dank waren die Drollinge schon in der Lage, selbständig zu fressen, so dass Anton diesbezüglich seine Ruhe hatte. Er lief schnurstracks in mein Zimmer und hockte sich auf die Couch. Gudrun und ich lobten ihn und sprachen ihm Mut zu, da sah ich plötzlich, dass seine Zunge, ganz blau, weit aus seinem Mäulchen hing. Entsetzt schrie ich: „Gudrun, guck mal, was ist mit Anton, der stirbt, der stirbt, die Zunge hängt ihm raus." Gudrun besah sich Anton und mit einer eleganten, aber kaltblütigen Handbewegung klopfte sie ihm einmal kurz auf den Kopf. Anton guckte verdutzt, schluckte und verschwunden war seine Zunge. Ich lachte erleichtert auf, „Mein Gott und ich dachte schon der stirbt, wie bist du darauf gekommen, ihm auf den Kopf zu klapsen?". „Ach" sagte Gudrun „ich weiß auch nicht, er sah so apathisch aus, da dachte ich ein kleiner Aufweckklapps könnte von Nöten sein." Von da ab waren ich und mein Zimmer Antons Zuflucht. Er hatte mich zu seinem Frauchen erkoren und mein Zimmer war plötzlich sein Zuhause und Schlafplatz, auch mein Bett musste ich mit ihm teilen. Ich tat es ja liebend gerne, endlich mal eine „normale" Katze, mit der man leben konnte. Anton wechselte seinen Platz nur, um im Flur auf den kalten Steinfliesen zu liegen, da lag er dann und kühlte seine Entzündung, den Bauch platt an die Fliesen gedrückt, Vorder- und Hinterbeine weit von sich gestreckt.

Ja, und dann kam die Zeit des Abschiednehmens von den Drollingen. Helge kam zu unseren Eltern, das war nicht so schmerzlich, wir konnten ihn ja jederzeit sehen, aber Noah, er kam zu guten Bekannten von uns und meine süße Nelly. Erst wollte Mariann von nebenan Nelly haben und ich freute mich schon, dass sie in meiner Nähe blieb, aber Mariann konnte nicht abwarten, wollte unbedingt schnell eine Katze und besorgte sich Hals über Kopf eine andere. Jetzt musste ich für Nelly ein anderes, fremdes Zuhause suchen.

Ich wandte mich an den Verein „Katzenfreunde", in dem ich über eine Bekannte Mitglied war. Da konnte ich sicher sein, dass Nelly nur in gute Hände kam. Ich brachte sie in einem Körbchen schweren Herzens dort hin. In dem ganzen Haus waren Katzen. Junge, alte, kranke, ausgesetzte, gefundene, sie wurden versorgt, liebevoll gepflegt und weitervermittelt. Ich holte Nelly aus ihrem Körbchen und setzte sie in einen für sie vorbereiteten Käfig, der aussah wie ein großer Vogelbauer. „Damit sie alles sehen und beobachten kann und nicht isoliert in einem geschlossenen, dunklen Raum oder Gehäuse sitzt" wurde mir erklärt. Der Vogelbauer stand hoch auf einem Vertiko, so dass wir beide uns in Augenhöhe befanden. Nelly sah sich interessiert um. Da saß sie klein, zierlich, wie ein

Porzellankätzchen und putzte sich grazil - meine kleine rosafarbene Nelly. Der Abschiedsschmerz überwältigte mich und ich musste heftig weinen. Die Dame der Katzenfreunde stand ratlos neben mir und sagte „Wenn es Ihnen so schwer fällt, die kleine Nelly abzugeben, wollen Sie die Kleine nicht doch behalten, ich sage der neuen Familie ab". „Das geht nicht, ich habe doch schon zwei Katzen" erwiderte ich unter Tränen und die hat man nicht für ein paar Wochen, sondern 15 oder 18 Jahre lang." Ich konnte gar nicht mehr sprechen, streichelte das letzte Mal die kleine rosa Nelly, winkte kurz der Dame zu und ging.

Einige Tage später rief die Dame mich an: „Ich fand es so traurig, Ihren Abschied von Nelly, da wollte ich Sie trösten und Ihnen noch einmal versichern, dass die Nelly in ganz, ganz gute Hände gekommen ist, eine Familie mit Kind und Haus und Garten, da wird sie ein schönes Leben haben".

Bei uns zu Hause war es in den nächsten Tagen ohne die Drollinge erst einmal sehr still.

Sonntags-Expeditionen

An einem schönen Sommer-Sonntag gingen wir mit Jockelchen in den Zoo, er kannte ihn schon, denn wir waren schon einige Male da gewesen und er bettelte oft, wieder den Zoo besuchen zu dürfen. Nachdem wir den Eingang passiert hatten, schlenderten wir gemütlich los und wollten ihm eingehend alle Tiere zeigen. „Guck, mal hier, die großen Giraffen und dort die riesigen Elefanten" erklärten wir ihm mit pädagogisch-einfühlsamer Stimme. Jockelchen interessierte unser Geschwätz wenig, ungeduldig nickte er nur, guckte flüchtig hin, sagte: "Ja, ja schön, weiter". „ Jockel, schau mal, hier, die Tiger." „ Ja, ja, schön weiter." „Och und hier die lustigen Affen." „Jaaa, weiter". „Hör mal, wo möchtest du denn so eilig hin?" „Zu den Motorrädern" sagte Janni. Ja jetzt war uns alles klar. Tiere uninteressant, Motorradfahren war sein geheimes Ansinnen. Dann kam der Platz mit den elektrischen Kindermotorrädern und jubelnd rannte er darauf zu. Natürlich musste man für eine kurze Fahrt, eine Mark einwerfen und es gingen so einige Geldstücke drauf, und wie bei allen Kindern, dann das große Geheule, wenn irgendwann wirklich Schluss ist.

Danach gingen wir in das Delphinarium, hier herrschte ein lautstarkes Getöse, die Kinder waren aufgeregt und kreischten, rannten kreuz und quer. Jockelchen saß angespannt da und brannte auf den Beginn der Vorführung. "Wann geht es endlich los?" Es war mitreißend anzusehen, wie unser Jockelchen mitfieberte, während die Delphine ihre Kunststücke vorführten. Als die Delphine Kopfball spielten und den Ball mit aller Kraft durch die Luft sausen ließen, war er nicht mehr zu halten, bei jedem Ball, schoss er wie eine Rakete pfeilschnell, mit hochgereckten Armen vom Sitz und schrie: "Tor, Tooor" (Fußball war zur Zeit, das Größte und er spielte schon als kleiner Torwart in der Bambiniklasse). Es war herrlich, seine Freude und seine Begeisterung zu beobachten. Zwischendurch sprachen Gudrun und ich noch einmal über das „Jockelthema", denn Gudrun hatte beschlossen, als er anfing in den Kindergarten zu gehen, ihn nicht mehr „Jockel", „Jockelchen" oder „Nocki" zu nennen, sie hatte Sorge, dass die anderen Kinder ihn mit diesem Namen veräppelten, also sagten wir ab nun „Janni". Einige Zeit später fragte er tief betrübt und traurig: „Mama, hast du mich denn gar nicht mehr lieb?" Gudrun ganz entsetzt "Ja, aber, wie kommst du denn auf die Idee, du bist doch mein Aller-allerliebstes auf der Welt." „Weil du gar nicht mehr Lockelchen sagst" Seitdem ist er wieder unser Jockelchen.

Die Seehunde und Robben hatten Fütterungszeit und das wollten wir uns nicht entgehen lassen, auch hier dichtes Gedränge und ein riesiges Spektakel. Die Robben nickten fröhlich mit den Köpfen, fingen Reifen auf, klatschen mit den Flossen und sausten durch das klare hellblaue Wasser. Jockel war beeindruckt, mit roten Backen verkündete er laut: „Das ist toll, nächstes Jahr werde ich auch Seehund". Die Leute um uns herum lachten. "Und die Seehunde, waren das alle mal Menschen?" erkundigte er sich interessiert. „Kann sein, vielleicht in einem anderen Leben" gab Gudrun schmunzelnd zurück. Klebrig, eisbekleckert, verschwitzt und müde ging es dann wieder Richtung Heimat.

Unsere Stadt

Bekannt wurde sie (unsere Stadt) durch Hanns-Dieter Hüsch, beliebt war es schon immer, das kleine Grafenstädtchen am Niederrhein „Moers". Dort wurde er geboren, lebte und erlebte den Moerser in seiner genialen niederrheinischen Mentalität und konnte sie aus dem Grund so ironisch, witzig und liebevoll karikieren, sodass inzwischen die gesamte Nation den Moerser kennt. Meine Schwester und ich und natürlich auch unsere Familie hatten das Glück, unsere Kindheit, aber vorwiegend unsere Jugendzeit in Moers zu erleben/zu leben. Wir sind schon einige Male umgezogen, aber immer im Dunstkreis von Moers geblieben, denn wenn man in Moers aufwuchs, blieb man auch mit Moers verwachsen. Unsere Eltern erwarben 1962 ein Grundstück in einem kleinen Dörfchen und zufällig gehörte es zu Moers und lag nur drei Kilometer von der Stadt entfernt. Der besondere Charakter der kleinen Stadt war ihnen sicherlich gar nicht bewusst, aber wir, als Schüler und Jugendliche entdeckten unser Moers, die alte Grafenstadt mit kleinem niedlichen Schloss (heute ein kulturelles, weitbekanntes, innovatives Theater) und großem Park, mit Einkaufsstraßen, alten Hausfassaden, verwunschener Altstadt, kleinen Kneipen und einem Eiscafe (wichtig) am Königlichen Hof.

Gott sei Dank, haben die Stadtväter und Planer in den 70er Jahren Moers nicht verpfuscht, sondern die Altstadt mit den kleinen, engen Gassen und hübschen Winkeln im alten Stil renoviert, so dass das Städtchen seinen Charme und Flair behalten konnte. Drumherum grün, in der Mitte der Altmarkt, mit Gaststätten und Bistro, mit der alten Kirche, Wochenmärkten, lebendig, gesellig und gemütlich – halt wie der Moerser ist. Die richtig alten eingesessenen Moerser hatten ihre Traditionen, wie z.B. den Montagsfrühschoppen auf der Moerser Kirmes, dort traf sich alles, was Rang und Namen hatte, man kannte sich, oder man traf sich dort, um alte Schulfreundschaften oder Nachbarschaften aufzufrischen und wieder zu sehen. Von der Feuerwehr bis zum Bürgermeister, Schützenvereine, Geschäftsleute, es war förmlich ein „Muss", dabei zu sein. So lernten wir Jahr für Jahr dieses und taten begeistert mit. Geht man als Einheimischer durch Moers, man ist nie alleine, man kennt sich untereinander, mit 15 Jahren im Eiscafe, mit 25 in der angesagten Disco, später mit Kind und Kegel im Cafe und immer ist es in Moers, wie in einer großen Familie.

Auch in kultureller Hinsicht ist Moers besonders. Das Jazzfestival zu Pfingsten hat inzwischen internationalen Ruf erworben, im Schlosstheater werden die modernsten Stücke aufgeführt, von anerkannten, berühmten Intendanten. Kunst, Galerien, Comedy-Art-Festival, der Moerser ist selbstbewusst, lebt offen und modern, aktuell in und mit seiner Stadt. Besonders im Sommer ist Moers mit seinen Plätzen, Cafes, Kneipen, und viel Grün „drumherum" einfach herrlich, lebendig und fröhlich. Damals, die Röhre, die erste Hippie-Kneipe in den 70er Jahren, Grundstein und Geburtsort des Jazzfestivals, oder am Altmarkt für Schüler und Studenten „Das Matthorn", das waren unserer Highlights - unsere Treffpunkte. Abends zum Essen mit Freunden oder Familie in das kleine, verwinkelte, gemütliche Gasthaus „Kleiner Reichstag" mit richtig leckerer Hausmannskost – im Frühling Spargel, im Winter die „Rheinischen Muscheln" mit Schwarzbrot.

Aber auch unser Dörfchen Schwafheim war schön, es hatte damals noch viel Ackerland mit einigen großen Bauernhöfen, im Wald eine putzige Schule, eine Drogerie, einen Friseur, der auch Schulutensilien und Bastelmaterial verkaufte, z.B. für die Martinslaternen. Die Kasse war ein großes Holzgestell, in das eine Papierrolle eingespannt war und mit Bleistift schrieb die kleine, alte Inhaberin die Verkaufszahlen darauf. Dann gab es noch die alte Post, die bestand aus nur einem Zimmerchen mit Fensterluke, das war der Postschalter. Man hatte das Gefühl, die Postdame wohnte gleich dort, dann gab es noch eine Metzgerei und ein Lebensmittelgeschäft, ganz zu Anfang noch mit Theke, von der aus wir bedient wurden. Jedes einzelne Teil musste aufgesagt werden und wurde von der Ladeninhaberin aus den Regalen geholt. Hochinteressant fand ich den Käseschneider. Der dicke Käse wurde auf die Platte gelegt und von oben mit einer Art Messer, welches einen Holzgriff hatte, einzeln in Scheiben geschnitten, wunderbar wie dieses Messer durch den dicken Käse glitt, das sah ich am liebsten. Meine dicke Freundin Ellen bekam zum Einkaufen immer sofort ein leckeres Käsebrötchen gereicht, das hatte sich so eingebürgert, wenn alle Einkäufe zusammengestellt waren, hatte sie auch ihr Käsebrötchen mit roten Backen verputzt. Neidisch war ich schon darauf. Ich holte mir für den Nachhauseweg immer ein Teufelchen (aus Weingummi) und ein Lakritz-Salino, die peppte ich zusammen und so war das für mich ein Genuss. Ich musste diese Leckerei aber immer bis zu unserer Haustüre aufgegessen haben, denn meine Mutter wusste davon nichts, das kaufte ich einfach heimlich! von ihrem Geld!

Einen Baggersee hatten wir, im Winter zum Schlittschuh- oder Kufenlaufen, einen heiligen Berg zum Rodeln, einen Wald (heute ist daraus ein sehr schön angelegter Freizeitpark inklusive Restaurant geworden). Manche Straße waren noch gar nicht geteert. Als die Hauptstraße eine Ampel bekam, standen die Alten Kopf, welch eine Sensation. Wir konnten spielen, Rollschuhlaufen (eine Straße am See war schön glatt geteert), Fahrrad fahren, alte Bunker gab es auch noch, die konnte man erkunden und wir machten allerlei Blödsinn, aber richtig böse war uns niemand. Jedes Kind war bekannt und wir hatten jede Menge Spielfreunde und traten deshalb immer in Horden auf. Die Ereignisse in Schwafheim waren das Waldfest, die Schwafheimer Kirmes (war stets die letzte Kirmes der Region) - alle waren auf den Beinen und unterwegs. Die erste Autoscooterfahrt, der erste Flirt, der erste Kuss, das erste Bier, der erste Schwips war immer das Waldfest oder die Kirmes. Und weil dort so fröhlich und lustig gefeiert wurde, weil man sich dort traf oder wieder traf, eilte der Ruf weit voraus und alle wollten dabei sein und mitfeiern, nichts verpassen, die Moerser und andere von rings umher liegenden Ortschaften.

Unsere Eltern leben heute noch in Schwafheim in ihrem hübschen Haus mit viel grün, nur einige Minuten vom See entfernt. Natürlich hat sich das Dorf im Laufe der Jahre verändert, viele Häuser sind dazu gekommen, Geschäfte und Lokale, aber mit seinen vielen Gärten und Vorgärten ist das Dorf grün und beschaulich geblieben. 1994 sind wir beide, meine Schwester und ich, auch wieder in unser liebes, altes Dorf gezogen – in unseren „Vinnbusch" - das alte Bauernhäuschen mitten in den Feldern....

Feiern in der Stadt

Am Wochenende, wenn mein kleiner Janni bei seinem Vater Kalli war, zogen Gitta und ich los in die Stadt. Unsere erste Anlaufstelle war meistens das Pianissimo, eine kleine Kneipe in der Altstadt. Dort trafen wir immer auf einige Bekannte und Freunde. Mit Gitta ist es immer sehr lustig auszugehen, weil sie meistens fröhlich und für irgendwelche Späße, lustige Gespräche oder Veräppeleien zu haben ist. Sie hat die Begabung, aus einer langweiligen Kneipenrunde eine Mordsgaudi zu machen. Sie lässt sich, wenn sie in Feierlaune ist, nur selten auf ernstes (auf langweiliges schon gar nicht) Gerede ein, wandelt mit ihren Fragen oder Bemerkungen ein blah...blah...blah-Gespräch in ein lustiges Feuerwerk aus schlagfertigen Fragen und Antworten um. Wir beide haben immer viel zu lachen, aber auch die anderen mögen Gitta und ihre Art und freuen sich, wenn wir zusammen irgendwo auftauchen. Gibt es doch dann immer etwas zu lachen. Zwar kann sie auch anstrengen mit ihren „eigenen Theorien", denn was sie sagt, ist kein dummes Gewäsch, es hat immer Hand und Fuß, aber sie kann in ihrer Gesprächsführung sehr eigensinnig und ausdauernd sein. Wenn sie der Meinung ist (im Gegensatz zu allen anderen Beteiligten), ein Gespräch ist noch nicht beendet, kehrt sie immer wieder zu diesem Thema (wenn auch auf Umwegen) zurück, bis sie auch der Auffassung ist, alle Vor und Nachteile, alle „wenns und aber" seien nun ausführlich genug und von allen Seiten betrachtet und besprochen worden. Sie ist in ihrer Art sehr genau, ausführlich, gründlich, exakt und lässt Fehler weder bei sich selber, noch bei anderen sehr ungern durchgehen. Weder im Beruf, noch im Privaten.

Man wird sie auch nicht verschlampt oder verlottert sehen, mich wohl schon - ich kann gut und gerne mal bis mittags ungewaschen und im Schlafanzug herumlaufen. Selbst bei den schwierigsten und schmutzigsten Arbeiten (vor denen sie gar nicht zurückschreckt, sondern sie als erste in Angriff nimmt) sieht sie immer schön und gepflegt aus, sie kann in Jeans und T-Shirt den Garten umgraben, das Gesicht voller Schweiß und schwarz von der Erde - aber auf den Lippen trägt sie Lippenstift. Immer!!!

Nun, wenn wir dann abends am Wochenende ausgingen, waren wie gesagt viele Bekannte von uns in der Stadt, wir redeten und lachten. Ein alter Schulkamerad von mir, Horst mit seiner Frau Evelyn, waren immer dabei. Horst war wohl, obwohl er verheiratet war, immer ein bisschen verliebt in mich, auf jeden Fall hatten wir immer unheimlich Spaß zusammen und alberten herum. Auf seiner eigenen Hochzeit war er, für seine Frau und die anderen Hochzeitgäste, wie vom Erdboden verschluckt, weil wir beide zusammen auf dem Klo hockten, Champagner tranken und herumblödelten. Nun wenn Horst sah, dass wir beide (Gitta und ich) ins Pianissimo kamen, strahlte er über alle Backen, um dann sofort ein grimmiges Gesicht aufzusetzen, an seiner Frau Evelyn herum zu nörgeln und zu meckern, bis sie schließlich genervt und eingeschnappt nach Hause ging. Startschuss für Horst sich an die Schwestern zu hängen und einen lustigen Abend zu verbringen.

Nach dem Pianissimo gingen wir meistens in die Diskothek Python, tranken, tanzten, quatschten und lachten über alles mögliche und unmögliche. Gitta hatte viele Verehrer, die sie gerne, und so wie es ihre Art war, gründlich veräppelte. Die Männer hingen an ihren roten Lippen (Lippenstift) und folgten ihr auf Schritt und Tritt, wohin wir auch gingen. Ein Vater meiner Reitkollegin war besonders doll und fasziniert von ihr, wie ein kleiner Hund folgte er ihr überall hin. Gitta war nun nicht so angetan von diesem Mann und wir ergriffen die Flucht aus der Python, um in die „Brille" zu gehen. Kaum dort angekommen, wir standen in der Kneipe an der Tür, sah ich schon wieder diesen Vater mit suchendem Blick auf die Kneipe zuirren. Gitta und ich unterhielten uns gerade über Rudi Carrells Wunschsendung und wie wir uns dort und mit welchem Wunsch überhaupt, einmal bewerben könnten, da riss ich wohl wissend mit Schwung die Türe auf und rief laut mit Rudi Carells niederländischem Dialekt: „Scho da haben wir schon aine Riiieeesenüberraschung ..." Der Vater stand verschämt mit leicht dümmlichen Grinsen in der Türe. Großes Gelächter und der Vater zog nun wohl (hoffentlich) endgültig ab.

In den Morgenstunden, wenn alle Kneipen und Diskos geschlossen wurden, hatte eine Kneipe, nein sagen wir Spelunke, großen Zulauf. Sie war offiziell geschlossen, man musste an den Rollläden klopfen, um herein gelassen zu werden. Die alte Wirtin Rosi, von der Art her wie eine Puffmutter, öffnete diese Spelunke erst, wenn alle anderen Kneipen schlossen. Da machte sie ihr Geschäft, zeichnete die Striche für´s Bier mit einer Gabel, es merkte ja kaum noch einer, die meisten waren schon ordentlich betrunken. Ob jetzt ein Bier getrunken wurde oder vier, wer wusste das schon im Nachhinein. Auf der Damentoilette gab es keine Tür mehr, am Fenster in der Wirtsstube fehlte ein Griff und jeder „Neue", der zum ersten mal zu Rosi kam, musste den fehlenden Griff bezahlen, weil Rosi meinte, der wäre beim zu festen Klopfen an die Rollläden abgefallen. Nun auf jeden Fall, dort traf man alle wieder, die vorher in der Stadt ob jetzt Pianissimo, Python oder Brille waren und noch keine Lust hatten den Abend zu beenden. Dort ging es hoch her, es wurde viel getrunken, gelacht und gefeiert.

Oft war es schon heller Morgen, wenn wir dann mit dem Taxi nach Hause fuhren. Meist nahmen wir Horst noch im Taxi mit, um ihn dann bei sich zu Hause abzusetzen.. Auf dem Weg dorthin lachten wir schon und feixten, wie denn jetzt seine Frau mit ihm schimpfen würde und wo er denn wohl wieder die ganze Nacht gewesen sei. Wir spekulierten wild über gepackte Koffer, die sie ihm bestimmt vor die Türe gestellt haben wird und konnten uns alle vor Lachen kaum halten. Bei ihm zu Hause angekommen, riefen wir Horst, der meist zögerlich und von schlechtem Gewissen gepackt zum Haus schlich, dann immer hinterher: "Bestell schöne Grüße und Horst - toi, toi, toi." Oft kam es dann auch vor, dass Horst nicht schlafen konnte oder Evelyn ihn gar nicht erst in die Wohnung ließ, so dass er dann mit dem Fahrrad in die Felder fuhr, zum Vinnbusch, um an meine Rolläden zu klopfen. So etwas hörte ich ja grundsätzlich nicht, komatös lag ich in meinem Bett und schlief den Schlaf des „Gerechten", die Nachbarn von gegenüber waren da allerdings etwas hellhöriger. Raketenartig schoss Herr Albersmeyer aus dem Bett und ums Haus herum um zu rufen "He, was machen Sie denn da, was soll das denn werden, he?" Wie ein geprügelter Hund fuhr Horst dann wieder mit dem Rad nach Hause. Das war Nachbarschaftshilfe!

Manchmal fuhren wir von Rosi nicht mit dem Taxi, sondern liefen nach Hause. Horst immer bestrebt neben mir zu sein oder Händchen zu halten, Gitti und ich - nur immer Spökes im Kopf und bestrebt irgendeinen Unsinn zu machen. An einem Morgen, es war neblig, wir liefen die Straßen entlang, die Scheiben der geparkten Autos waren beschlagen, malte Horst ein wunderschönes Herz auf eine Autoscheibe, in das Herz schrieb er sorgfältig die Anfangsbuchstaben „G" wie Gudi und „H" wie Horst. Stolz zeigte er uns das Gemalte, "Schaut mal, schaut mal wie schön." „Ja, ja" war unsere Antwort, wir hatten schon wieder einen anderen Blödsinn im Kopf. „Schaut doch mal ‚was ich gemalt habe, G und H wisst ihr denn überhaupt was das heißen soll?" Gitti ziemlich uninteressiert: „Ja, klar, wissen wir – Gudi und Hitti."

Robert und Jimmy

So verliebt wie Horst in mich war, so interessiert war Gitta an einem Mann namens Jimmy, den sie von früher kannte und mit dem sie auch schon einmal kurz zusammen war. Irgendwie haben sie sich dann aber wieder aus den Augen verloren, unter anderem vielleicht auch, weil Jimmy immer sehr frech und unerzogen sein konnte. Er war übrigens der Meinung, dass ich alleinstehend und mit einem Kind beziehungstechnisch gesehen schwer vermittelbar wäre.

Ich also schwervermittelbar, hatte mich in einen Mann verliebt, der sah aus wie Robert de Niro in blond. Stefan hieß er, wir nannten ihn aber nur "Robert". Er war immer mit seinen beiden Freunden unterwegs. Die Freunde wollten auch mit anderen Namen, als den eigenen angeredet werden, so nannten wir sie „Keiner" und „Niemand", weil sie uninteressant für uns waren. Na, das fanden sie nicht so schön, aber wir nannten sie weiterhin so, sie hatten es ja selber so gewollt.

Nun war die Spannung immer groß am Wochenende, ob denn nun „unsere Männer" (Robert und/oder Jimmy) auch in der Python waren und wie sie auf uns reagierten. Wie ich auf Robert reagierte, wusste ich schon im voraus, kaum sah ich ihn, war ich wie gelähmt, konnte nichts mehr trinken, aber auch nicht mehr reden. Wie ein blöder Stockfisch stand ich stumm herum und konnte überhaupt nichts mehr sagen. Sonst lustig und um kaum eine Antwort verlegen, konnte ich mit anderen Männern herumblödeln, lachen, sie veräppeln und aufziehen, aber kaum war „Robert" in der Nähe: NICHTS. Mein Hirn war leer, es gab keine Gespräche, auch keine Themen, über die man hätte reden können. Mir fiel noch nicht einmal das Wetter vom gleichen Tag ein, über das man hätte reden können. Meine Zunge klebte Gaumen fest, das Einzige was heraus kam, wenn er mich wirklich einmal ansprach, war „mrgh".

Na, dass der mich nicht toll fand, sondern evtl. sogar ein bisschen meschugge, war wohl klar. Dafür fand er Gitta toll. Gitta, die vollkommen unbefangen mit ihm reden und spaßen konnte. Ich stand daneben und ärgerte mich über mich selber, aber immer wieder zog es mich zu ihm hin. Vielleicht werde ich gleich wieder ich selber, dachte ich und war immer wieder sehr enttäuscht, dass ich wieder nur langweilig da stand und glotzen konnte, als wäre ich geistig nicht ganz auf der Höhe. Gitta erging es mit Jimmy ähnlich. Wenn er denn dann einmal zu uns kam, sprach er nur einige Sätze und war dann wieder weg. Es war doch zum Verzweifeln, ganze Heerscharen von Männern hingen an unseren Rockzipfeln – nur die Männer, die wir dann auch gut fanden, machten sich äußerst rar.

An einem Abend gelang uns dann das Wunder, es war Karnevalssamstag und wir verbrachten beide den Abend und die Nacht mit unseren jeweiligen Männern. Am Morgen saßen wir verknautscht in der Küche, tranken Kaffee. „Salinschen", das olle Kaugummi, gurrte „Robert" um die Beine, drehte und wälzte sich hoch rollig auf dem Küchenboden herum. Peinlich berührt schubsten wir sie immer wieder an und aus der Küche heraus, aber wie es ihr Spitzname schon andeutet, kam sie immer wieder und maunzte ihn, ihr Hinterteil rollig zustreckend, an. Robert fand nun, dass es an der Zeit war zu gehen, irgendwie fand er diese Szenerie nicht so ansprechend und überhaupt wollte er eigentlich nur noch weg. Er zog seine riesigen Plastikfüße (Karneval) an und stapfte ohne auf ein Taxi warten zu wollen, durch den Schnee, die lange Straße entlang nach Hause. Nichtsdestotrotz gab ich Robert – meine heimliche Liebe, nicht auf. Dieses Hin und Her mit Robert dauerte einige Zeit und schließlich war es schon Sommer und ich war immer noch still, aber nicht heimlich in Robert verliebt. Gitta und ich saßen im Garten unter dem Pfirsich und überlegten, was ich anstellen könnte, damit Robert sich auch in mich verlieben bzw. mich wenigsten einmal „normal" kennen lernen könnte. Gitta sagte „Lade ihn doch zum Grillen ein" -

tolle Idee, mir schlug das Herz bis zum Hals, nur wie an ihn heran kommen, ich wusste zwar wo er wohnt(ja – ich war ja selber schon einmal dort), doch eine Telefon-Nummer von ihm hatte ich nicht, auch die Auskunft kannte sie nicht... (Geheimnummer).

So blieb mir nichts anderes über, als ihm ein Telegramm zu schicken. Gitta und ich waren absolute Helge-Schneider-Fans und wir lachten uns kugelig, wenn wir seine Stimme und Redewendungen hörten, wir kannten sämtliche Kassetten und CD´s von ihm mittlerweile auswendig und verwendeten inzwischen die lustigsten Sachen von ihm für uns und unsere Gespräche als ganz natürliche Redewendungen. Zusätzlich fiel mir ein, dass Robert bei unserem letzten Treffen meine langstielige rote Rose, die ich von einem langweiligen Verehrer bekommen habe, aufgegessen hatte und dann ohne sich zu verabschieden gegangen ist, also gab ich folgenden Telegramm-Text auf: "Anprangerung - Angeprangert wird vorwiegend Rosenblattverzehr und Führen einer geheimen Telefon-Nummer - Hauptanprangerung jedoch - hat noch nicht mal „Tschüß" gesagt. Keine Anprangerung bei einem Besuch zum Grillabend bei uns oder Rückruf unter Tel.-Nr...." Aber nichts – weder Robert noch ein Anruf von ihm kam. Überhaupt sah man ihn dann einige Zeit gar nicht mehr in der Stadt und noch einige Zeit später hörte ich von ihm, dass er den Text auch ziemlich doof fand, na, ja... was würde Helge Schneider sagen: „Er hat`s ja selber soo gewollt und meeeeines Erachtens war der Text sehr gut".

Das Drehhaus oder der langweilige Abenteuerpark

Heute machen wir einmal etwas ganz Besonderes, wir fahren in einen Abenteuerpark. In der Nähe der holländischen Grenze soll ein recht netter Park sein. Gesagt, getan, ab in das Auto und los geht es. Nach einigem Gesuche hatten wir unser Ziel erreicht. Wir waren kolossal enttäuscht. Ein grauer, öder, schäbiger, schmutziger Park. Es gab nur eine kleine Eisenbahn, ein langweiliges Schlangengefährt auf einem Gerüst, Trampoline, aber eine Pommesbude mit echt holländischen Pommes, die Fahrt hierher hatte sich also gelohnt. Gute Mine machen für Janni und versuchen, das Beste aus dem Ausflug heraus zu holen. Janni fand das „Wenige" klasse, das war nun auch die Hauptsache. Wir fanden die Pommesbude klasse, denn echt holländische Fritjes waren nun mal super lecker.

Während wir schmausten, sahen wir seitlich ein kleines Fachwerkhaus, das Haus stand auf Stelzen und ein Holztreppe ging hoch zur Haustüre. Dort warteten ein paar Leutchen. Ein Schild „Das drehende Haus – 2,--DM". Komm, da gehen wir mal rein, was soll das wohl bringen, man sitzt im Haus und das dreht sich um einen herum, aber die Neugierde siegte. Drei Karten gekauft, Treppe hoch, kurz warten, dann durften wir hinein. Es war gar nichts drin in dem Haus, außer so etwas wie eine Hollywoodschaukel bzw. zwei Schaukeln, die sich gegenüber standen. In der Mitte, als Boden, ein breites Holzbrett zum Laufen und für die Füße. Nun wir setzten uns auf die Schaukel, Janni in der Mitte und beguckten uns das Innere. Die Wände waren angemalt, eine Wand zeigte die Küche, eine ein Wohnzimmer, eine andere das Schlafzimmer. Wir waren gespannt. „Was mag denn jetzt passieren, außer diesem sanften hin und her Geschaukel." Unter uns in ungefähr zwei Metern Tiefe sahen wir die bloße Erde. Ein kleines Lämpchen brannte eher düster, uns gegenüber setzte sich ein Mann mit einem kleinen Mädchen, ein anderer Mann kam und schubste die Schaukeln sanft an und machte hinter sich die Türe zu. Und dann wurde es unglaublich: die Schaukeln fingen an zu schaukeln, erst ein wenig, dann immer mehr, immer höher und noch höher und höher, gleich geht sie über Kopf und bei dem nächsten Schwung wird sich die Schaukel überschlagen. Voller Panik, das kann doch nicht wahr sein, das können die doch nicht machen, keine Anschnallgurte, keine Sicherung, nichts. Voller Panik, Entsetzen und Angst packten wir Janni, der uns nur verwundert und erstaunt ansah, krallten uns aneinander, rafften uns die Handtaschen, sicherten uns mit Armen und Beinen so gut es ging, starrten uns mit fassungslosen, weit aufgerissenen Augen an. Sprachlos - atemlos warteten wir auf die Katastrophe – auf den Überschlag der Schaukel und unser Ende, bis Gudrun mich plötzlich anschubste und mit dem Kinn nach vorne wies. Da stand ganz lässig das Mädchen von gegenüber auf dem Schaukelmittelgang und betrachtete uns neugierig, das brachte uns zur Besinnung. Wie aus einer anderen Welt tauchten wir auf, unsere Wahrnehmung wurde wieder real. Jetzt konnten wir auch sehen, dass die Schaukel, wie zu Beginn, nur sachte hin und her schwang und lediglich „das Haus" um uns herum gedreht wurde. Unser Mann von gegenüber grinste uns belustigt an, beschämt, verlegen, mit roten Köpfen stiegen wir dann aus.

Wieder festen Boden unter den Füßen, machten wir uns fast die Hosen nass vor Lachen, besonders wenn wir uns vorstellten, dass der Typ von gegenüber unsere hysterischen, albernen Rettungsaktionen ganz genau und bewusst beobachtet hatte und dabei war ja gar nichts passiert, gar nichts, nur in unseren Köpfen hatte etwas stattgefunden – eine Sinnestäuschung und wir sind ihr mit Haut und Haaren auf den Leim gegangen, mit unserer Einbildungskraft. „Na, Einbildung, darin waren wir doch immer schon groß" meinte Gudrun. „ Unglaublich" sagte ich „so etwas habe ich ja noch nie erlebt, der reine Wahnsinn". „Ja, unglaublich – unglaublich lächerlich gemacht" meinte Gudrun trocken unter Lachkrämpfen.

Mann oder Frau

Plötzlich hatte ich einen neuen Verehrer und hatte ihn zum Wochenende eingeladen. Dafür wollte ich unseren Lieblingskuchen backen. Eine Pfirsich-Bananentorte. Ich backe einen Rührteigboden, den ich dann mit geschlagener süßer Sahne, verrührt mit saurer Sahne, bestreiche. Darauf kommen die Pfirsichscheiben und die Bananestücke üppig verteilt. Aufgekochte Pfirsichmarmelade als Guss und zum Schluss Schokoladenstreusel darauf. Mmh, lecker. Gudrun, Janni und ich fuhren noch mal schnell in das Dorf zum Einkaufen, Gudrun sprang rasch in das Geschäft und Janni und ich saßen im Auto und warteten. Ich nahm meinen Lippenstift und malte mir die Lippen an, Janni beobachtete mich interessiert, dann fragte er „Muss man das immer machen?" „Nein" sagte ich. Er wieder: „Können alle Menschen Lippenstift malen?" „Nun, eigentlich" gab ich zur Antwort „eigentlich machen das nur Frauen, die malen sich den Mund an, damit er schön aussieht". Kritisch besah er sich meinen Mund und sagte: "Ich bin ja ein Mann, die machen das nicht!" Dann nach kurzem Nachdenken, plötzlich begeistert: „Aber später, später, wenn ich mal eine Frau bin, dann mache ich das auch." Ja, toll, ich musste lachen und sagte: „Wir malen uns dann gegenseitig einen wunderschönen Mund." Ja, er war begeistert und das, wo er doch so intensiv und stolz sein „Mann-Sein" erlebte. Als ich einmal mit ihm herumbalgte und neckend sagte: „Du Baby, du Dreikäsehoch" erwiderte er empört: „Ich bin kein Baby – ich bin ein Mann!".
Besonders drollig war er zu beobachten, wenn Horst, ein guter alter Freund von Gudrun zu Besuch kam. Horst war groß und stattlich und hatte eine tiefe, rauhe Stimme, er war Handwerker und hatte vielleicht dadurch ein sehr männliches, burschikoses Auftreten. Horst war der Inbegriff der Männlichkeit für Janni, er bewunderte ihn ausnahmslos und ließ kein Auge von ihm. Saß Horst am Tisch, die

Hemdsärmel hochgekrempelt, besah Janni sich das, prüfte und besah sich genau seine eigenen Ärmel, krempelte dann schnell seine auch hoch, plötzlich bemerkte er Horst´s Armhaltung (Horst hatte einen Arm auf der Tischplatte liegen, den anderen auf dem Ellbogen aufgestützt), flugs machte er es nach, danach überprüfte er durch ständiges, abwechselndes Schauen und Vergleichen seiner kleinen Ärmchen mit den kräftigen Männerarmen, ob seine Haltung vollkommen identisch mit der von Horst war. Gründlich überprüfte er immer wieder seine Armhaltung und verbesserte probeweise mal eine kleine Winkelstellung. Die Stellung der Finger, Kinn aufstützen, Brauenrunzeln und die Ärmelkrempelung.

Das Drolligste waren seine Selbstbeobachtungsmomente, die sehr ausführlich und genau waren, sehr intensiv der vergleichende Blick, wie Horst trank, aß, saß, Janni probte an ihm sein männliches Verhalten. Es war zum Piepen, Handwerker mochte Janni sowieso am liebsten. Er besaß schließlich auch einen Handwerkskasten und wenn einmal etwas repariert werden musste, Janni war zur Stelle mit seinem kleinen blauen Plastikkasten. Auch als die Toilette verstopft war (wir hatten noch eine Jauchegrube, die einmal im Jahr geleert werden musste) und der Klempner kam, rannte Janni wie ein Wiesel in sein Zimmer und kam mit seinem kleinen Handwerkskasten angeschleppt, den er prompt und haarscharf neben den richtigen Kasten stellte. Eifrig fuhrwerkte er mit seinem Plastikwerkzeug zwischen den Händen des Klempners in der Toilette herum. „Na Junge, jetzt lass mal" sagte der Klempner zu Janni. Betreten wich er einige Schritte zurück, um nach einer kleinen Pause den Klempner in ein höchst fachmännisches Handwerkergespräch zu verwickeln. Als ich Janni ermahnte „Lass mal den Klempner, der muss sich jetzt konzentrieren" wurde ich empört von ihm zurück gewiesen, also da hatte ich mich als Frau ja nun wirklich nicht einzumischen.

Gudrun kam aus dem Geschäft zurück und flott fuhren wir nach Hause. Der Kuchen stand parat, ich hatte mich für meinen Verehrer noch ein bisschen aufgehübscht, da klingelte es auch schon an der Haustüre. Ich führte meinen Gast über den Hausflur und durch die Küche in den Garten. Soweit kamen wir aber gar nicht. In der Küche kam uns Janni entgegen und baute sich vor uns auf. Mein Besuch (sehr groß und blond) dadurch ausgebremst, blieb stehen.

Beide sahen sich stumm einen Moment lang an. Janni stand ernst und würdevoll da und sagte überdeutlich: „Guten Tag, ich heiße Jannik und bin drei Jahre alt". Der Besucher erwiderte ebenso ernst: „ Guten Tag, ich heiße Garry und bin 44 Jahre alt". Nachdem diese Formalitäten erledigt waren wurde der Besucher von Janni gnädig durch gelassen. Welch ein Kräftemessen. Ich war sprachlos. Der kleine Kerl, ruck zuck hatte er die Spielregeln aufgestellt. Es war ein recht netter Nachmittag, aufregender war allerdings der Abend. Der Besucher hatte sich verabschiedet, Gudrun und ich kicherten und veralberten den Verehrerbesuch. Er war nett, aber? Inzwischen war es dunkel geworden und etwas kühl, wir gingen in das Wohnzimmer und ratschten weiter, alles musste ja auf das genauestens unter die Lupe genommen werden, jedes noch so kleine Detail von links nach rechts gedreht. Da ein lauter Knall – wie ein Donnerschlag, wir fuhren in den Stühlen hoch und entsetzt sahen wir uns an. „Wo kam das her?" flüsterte Gudrun. Es hatte sich angehört, als hätte jemand ganz fest mit der Faust gegen die Küchenfensterscheibe geschlagen. Schlotternd gingen wir in die Küche (wieder das Spiel, wer geht vor ?- wir gehen nebeneinander). Die Fensterscheiben waren heil, war da draußen jemand? Wir spähten durch die Scheiben, alles schwarz und dunkel, wir sahen nichts. Also wieder raus, wir wussten ja schon, wie es geht: Gudrun das Messer, ich die Taschenlampe. „Stichst du damit wirklich zu?" fragte ich sie neugierig. Erschreckt warf sie das Messer auf den Küchentisch. „Wie stechen?" fragte sie atemlos. „Wie, wie stechen" fragte ich grinsend zurück „dann können wir es auch hier in der Küche lassen oder besser noch, wir nehmen alle sechs Messer mit raus, um den Verbrecher damit zu

beeindrucken" sagte ich. „Ja, und dann stellst du dich vor ihn hin und jonglierst mit allen sechs Messern und dann nagelst du ihn mit raschen, präzisen Würfen an die Gartentüre, wie im Zirkus". Von dieser Vorstellung berauscht, taumelten wir lachend, nach Luft japsend aneinander und gegen die Küchenschränke. „Und wenn er uns schon beobachtet" keuchte Gudrun „wie wir mit den Messern rumfuchteln, so denkt der, die haben nicht mehr alle Tassen im Schrank. Ich kann nicht mehr." „ Hi hi hi hi hiiiii" winselten wir beide nur noch. „Jetzt reiß dich aber mal zusammen" sagte ich streng zu Gudrun und ein neuer Lachanfall war die Folge. Langsam beruhigten wir uns, wir durften uns nur nicht ansehen. „Falco bellt nicht" sagte Gudrun „eigentlich kann da keiner sein". Draußen leuchteten wir den Innenhof ab, kein Mensch da, dann sahen wir ein großes, dunkles Bündel vor dem Küchenfenster liegen. Wir gingen näher hin und in diesem Moment rappelte sich das Etwas hoch, flatterte, hüpfte und flog davon. Ein Vogel, ein unheimlich großer Vogel (Fasan?) war gegen die Scheibe geflogen. So ein Schreck, aber er hat diese Karambolage lebend und unverletzt überstanden. „Das ist doch mal ein guter Grund, um uns mit einem Gläschen Jagdstolz zu stärken" meinte Gudrun lachend. „Prost, Rosen, Lippen, Mädchen, leichtfüßige Jungs..."
Und dann fiel uns noch passend dazu Helge Schneiders Lied ein und wir sangen:
„Kleiner Vogel, flieg, flieg, flieg, flieg, flieg, flieg,
   großer Vogel flieg, flieg, flieg, flieg, flieg, flieg,
   mittlerer Vogel auch...."

Freudige Erwartungen

Eines Morgens, als ich Salinchen füttern wollte, sah ich im Hühnerstall einen dicken Kater, der dann aber, als er mich sah, schleunigst, durch den Hühnerausstieg das Weite suchte. „Na, Salinchen, hast du neuerdings einen Verehrer?". Sie maunzte, aber verriet mir nichts, schwarz, geheimnisvoll umschmuste sie meine Beine. Von da ab beobachteten wir sie genauer, bekommt sie ein dickes Bäuchlein? Und wirklich, nach drei Wochen rundete sich ihr Bauch, auch die kahlen Stellen im Fell füllten sich. Ich freute mich und sagte zu Gudrun: "Wie schön, dass sie einmal Katzenmutter wird, bestimmt wird ihr das gut tun, die Babys umsorgen und aufziehen. Dann hat sie eine richtige, eigene Aufgabe". Katzen tragen 62 Tage, ich rechnete den Geburtstermin aus. Es war ein Wochenende und schicksalsträchtig Vollmond. „Dann kommen sie" sagte ich zu Gudrun „da bin ich mir sicher". In der Zwischenzeit richteten wir ihr ein gemütliches, weiches Wochenbett und Salinchen nahm es auch gleich in Besitz. Das Wochenende kam, wir waren aufgeregt und gespannt. Salinchen sah gut aus, keine kahlen Stellen mehr im Fell und einen kugelrunden Bauch. Als wir spät abends noch einmal nach ihr sahen, lagen vier rabenschwarze, maunzende Katzenbabys im Wochenbett. Wir waren begeistert, lobten sie und versorgten die frischgebackene Mutter mit Katzenmilch. Am nächsten Morgen eilte ich gleich wieder in den Hühnerstall zum Wochenbett. Leer, vollkommen leer, Salinchen weg, Katzenbabys weg. Ich war entsetzt und rief nach Gudrun. Zu zweit suchten wir den Hühnerstall ab und fanden verstreut, immer einzeln liegend die vier Babys. Kalt, schlapp, völlig verdreckt – aber sie lebten. Mit warmen Waschlappen massierten wir sie, bis sie wieder etwas lebendiger wurden. „Ach, ihr armen Kleinen", was ist mit diesem Salinchen los, ich schwankte zwischen Sorge und Ärger, warum will sie denn jetzt ihre Babys nicht, setzt sie vorsätzlich zum Sterben aus. „Sie müssen warm bleiben" meinte Gudrun und deckte sie mit einem weichen Handtuch zu. Nach kurzem Locken und Rufen erschien auch Salinchen, ganz unbekümmert trabte sie um uns herum. Immer wieder zeigten wir ihr die Babys, versuchten sie in das Körbchen zu locken, was sie auch tat, aber sofort packte sie eigensinnig wie immer erneut ein Kleines und schleppte es weg und versuchte es ärgerlich zu verscharren. Uns wurde bewusst, es geht nicht, sie will einfach ihre Babys nicht. Wir nehmen sie samt Körbchen mit ins Haus und versuchen sie mit der Flasche aufzuziehen, beschlossen wir. Ich rief den Tierarzt an, erklärte die Problematik. „Versuchen Sie es" sagte er „aber ich habe da keine große Hoffnung, nehmen sie ein Aufziehmilchpulver aus der Apotheke, alle zwei Stunden, ja, wenn sie schon eine Woche alt wären, hätten sie Chancen, aber so früh..." Wir versuchten alles, wärmten sie, massierten ihre Bäuchlein, flößten ihnen mit der Pipette Milch ein. Am darauffolgenden Tag starb ein Baby und nach vier Tagen waren alle Babys tot. Wir waren sehr unglücklich. Kein Baby hatten wir retten können, Salinchen interessierte das alles nicht, benahm sich, als wäre nichts geschehen. Aber wir grübelten und suchten eine Erklärung. Warum setzt gerade bei ihr der Mutterinstinkt aus, es wäre doch so schön gewesen, ich hätte es ihr so gewünscht, eine glückliche Katzenmutter gewesen zu sein. Eine glückliche Zeit mit ihren Babys zu verbringen. Es war zum Verzweifeln mit ihr. Es gab keine Antwort und wir waren traurig.

Warum brauchen wir sooo viel Katzenfutter

Wieder an einem Abend unter dem Pfirsichbaum hörten wir kleine leise Trippelschritte und huschen im Kies. Erschreckt zogen wir unsere Füße hoch auf die Stühle und starrten uns an. Was war das? Mäuse oder gar Ratten?

Falco war uns auch keine Hilfe, er lag gemütlich auf dem Dach seiner Hundehütte, schnarchte und zuckte mit den Beinen im Schlaf.

Wie wir so erschreckt still saßen, zogen die kleinen Trippelschritte unter unseren Stühlen hindurch. Von der Gartenhecke kommend Richtung Katzenhaus. Mutig blickten wir unter uns – eine ganze Igelfamilie, ein großer Mutter-Igel und viele kleine Kinder-Igel machten eine Nachtwanderung. Überrascht sahen wir uns an. Wie drollig und süß die Igel waren. Nun wurde uns auch klar, warum wir so viel Katzenfutter brauchten, wir hatten uns schon Wochen gewundert, warum die Katzen auf einmal so gefräßig waren, aber nicht dicker wurden. Leise gingen wir in das Katzenhaus und richtig, da lag in einem Katzenkorb gemütlich zusammengerollt noch ein großer Vater-Igel.

Von nun an warteten wir schon abends immer auf die Nachtwanderung der Igelfamilie, die zwischen Gartenhecke und Katzenhaus stattfand

Salinchen endlos

Es war im Oktober, als ich mir wieder einmal verzweifelt Salinchens neu entstandene kahlen Stellen im Fell betrachtete. Auf einmal sah ich auch, dass ihr Bauch dicker geworden war. „Oh Gott, nein bitte nicht" flehte ich innerlich „nicht schon wieder". Eine Woche später, der Bauch war merklich dicker geworden. „Was mache ich nur, was mache ich nur mit Salinchen" klagte ich Gudrun abends mein Leid, „ihr Bauch ist ganz dick, ich glaube sie bekommt Babys." Ihr nochmals eine Chance geben, Mutterglück zu erfahren mit dem Risiko, dass sie wieder die Babys ablehnt und alle sterben oder ihr gleich die Babys wegnehmen lassen. „Besprich das mal mit dem Tierarzt" riet Gudrun mir. Am nächsten Morgen rief ich ihn an. „Mit aller Wahrscheinlichkeit ist mit dem Ersten zu rechnen, tun Sie sich das nicht wieder an." Schweren Herzens vereinbarte ich einen Termin für eine Abtreibung. War das richtig, könnte es nicht sein, dass sie diesmal anders reagiert und glücklich über ihre Katzenkinder wäre? Aber die Vernunft siegte und ich gab sie bei dem Tierarzt ab. „Sie muss erst einmal hier bleiben, rufen sie uns morgen früh an" wurde mir gesagt. Was ich dann auch tat. „Wie geht es ihr?" war meine erste Frage. „Das ist ja eine Furie!" bekam ich zur Antwort „Wir haben sie nicht aus dem Korb gekriegt, eine Helferin ist total zerkratzt und keiner traute sich mehr ran. Wir mussten sie im Korb betäuben. Das nächste Mal machen Sie einen Zettel an den Korb. Vorsicht Raubtier-." „ JJaah , so ist sie" sagte ich und fürchtete mich davor, Einzelheiten der Abtreibung zu hören. „Gut, dass Sie sich zu diesem Schritt entschieden haben" wurde mir gesagt „sie wäre elendig in der nächsten Zeit gestorben. Sie war gar nicht trächtig, sie hatte eine riesige aufgetriebene und entzündete Gebärmutter, auch waren noch Reste von der ersten Geburt da, die sich nicht wie sonst üblich abgelöst hatten. Wir mussten alles entfernen, aber in ein paar Tagen ist sie wieder quietschfidel." Ich war so erleichtert, so war meine

Entscheidung richtig gewesen, sogar Glück im Unglück. Sicherlich war das auch der Grund, warum sie ihre Babys nicht wollte. Die Nachgeburt hatte sich nicht gelöst und das Säugen der Kleinen verursachte ihr Schmerzen. Aus dem Grunde hatte sie die Kleinen weg gelegt, sie war gar keine Rabenmutter. Arme Saline, so ein Unglücksrabe, immer hatte sie Pech. Sie tat mir fürchterlich Leid. Tage später holte ich Salinchen ab. „Sie braucht jetzt eine Hormontablette, ein Mal in der Woche eine Viertel". Die gab ich ihr immer mit Tartar und Unglaubliches passierte: Salinchen wurde etwas dicker, das Fell war prächtig und in Ordnung und das Erstaunlichste, sie wurde ausgeglichener, sanfter, ruhiger. Zwar immer noch schwierig und eigenwillig aber, so hatte ich den Eindruck, versöhnt mit sich, ihrem Leben und mit uns.

Einkaufen oder „Was macht denn so die Familie?"

„Hör mal Gitta", sagte ich zu meiner Schwester, plötzlich vor Lachen prustend beim Abendbrot. Wir saßen wieder gemütlich an dem großen alten Holztisch, die Kerzen über dem Tisch im Kerzenleuchter brannten und wir mampften unser leckere, selbstgekochte Mahlzeit. Ich hatte irgendwo ein Kochbuch mit blitzschnellen, köstlichen Rezepten für jeden Tag gesehen und gekauft, das besondere war daran, dass es eigentlich für eine Schlankheitskur gedacht war, aber das machte uns nichts aus, die Rezepte waren wirklich gut und schnell zu zubereiten und schmeckten uns ausgezeichnet. Wie z.B. Gebratene Hähnchenbrust mit Kohlrabi und Estragonsoße - einfach wunderbar. Rezept: Kohlraben in feine, dünne Scheiben schneiden, in einer halben Tasse Wasser mit 1 Teelöffel Zucker und einem halben Brühwürfel ca. 5 Min. kochen, Hähnchenbrustfilets braten, zur Seite stellen, Bratenfond mit Salz und Pfeffer würzen, 2 Esslöffel Kohlrabibrühe eingießen, 1 Esslöffel Creme fraiche und ein Teelöffel Estragon, aufkochen, fertig. Kohlrabi mit gehacktem Grün und Petersilie bestreuen, fertig, super, lecker.

Nun gut, das spachtelten wir gerade, als mir wieder die Geschichte vom Mittag einfiel. „Ich war doch vorhin einkaufen und an der Kasse, als ich die Einkäufe aus dem Einkaufswagen in die Tasche packte, stand da ein Mann, sehr nett und grinste mich an. Ich packte weiter, Seitenblick auf den Mann, er stand noch immer da und grinste. "Netter Mann" dachte ich und packte weiter. Kurzer Blick, er stand da und grinste. „Kenne ich den? Der kommt mir irgendwie bekannt vor. Woher kenne ich den?" Ich kramte weiter in den Einkäufen und krampfhaft in meinem Gedächtnis, woher ich ihn kennen könnte. Seitenblick auf den Mann, er stand und grinste, dieses Beobachten, dieses Grinsen, ich wurde ganz unsicher, ich war im Prinzip gezwungen, etwas zu tun oder zu sagen, denn die Situation wurde unerträglich „Ach - hallo" sagte ich also, grinste und tat so als hätte ich ihn jetzt erst bemerkt. Er: "Hallo" und grinste weiter. „Schitte, den kenne ich wirklich, aber woher", dachte ich. Um irgendetwas zu sagen, fragte ich: "Und wie geht's?" Er: "Gut und selbst?". „Mhh, auch gut" Stille, Blick, er steht und grinst „Und was macht die Familie?" Er: "Auch gut – und deine?" „Gut, gut" stammelte ich, weiter in meinem Hirn kramend, Feuerwehr, Stadt, Reitstall? Woher kenne ich den? Ich kam nicht drauf, packte mir dann ein Herz und fragte: „Aber sag mal, woher kennen wir uns denn eigentlich?" Er noch breiter grinsend: "Gar nicht!"

Heute fahren wir mal Rollschuh

Es war ein trüber, nebliger, verregneter Sonntagnachmittag. Wir hingen immer noch im Schlafdress am Frühstückstisch herum und grübelten hin und her, was wir wohl heute unternehmen könnten. Auf große Aktionen hatten Gitta und ich nicht so große Lust, aber nur den Tag faul auf der Couch zu verbringen, fand Janni blöd. „Zoo" sagte er. „Nein, bei dem doofen Regen doch nicht" antworteten wir wie aus einem Munde. Ach, irgendwie fiel uns aber auch überhaupt gar nichts Gescheites ein. „Wir werden uns jetzt erst einmal waschen und anjacken und dann werden wir schon etwas unternehmen" entschied ich. Gesagt, getan, dann saßen wir wieder am Tisch „Und jetzt?" wollte Janni wissen. „Mmmh" machte Gitta „wie wäre es denn mit Rollschuh fahren" „Jaaaa" schrie Janni. „Was?" fragte ich „ja, natürlich bei strömenden Regen fahren wir schick mit Rollschuhen". „Dann fahren wir halt hier im Haus" antwortete Gitta und ging schon los, um sich ihre Rollschuhe zu holen. Achselzuckend kramte ich auch meine und Jannis von der Kellertreppe. Schuhe an und wir kullerten ein bisschen um den Esstisch. „Der Teppiss sstoppt so" rief Janni „im Flur auf den Fliesen iss man schneller". Alle in den Flur. Boller, Boller, wieder ins Wohnzimmer um den Tisch, einen Schwenker in mein Zimmer, eine Runde ums Bett, von da aus in Jannis Zimmer (dieser Teppich eignete sich hervorragend zum Fahren), Türe auf von Jannis Zimmer, von da aus wieder in den Flur, rechts abbiegen zack, wieder ins Wohnzimmer, alle hintereinander Gitta, Janni, ich und auch Falco, angesteckt von unserem Lachen, sprang albern in riesigen Sätzen hinter uns her und versuchte ausgelassen uns in die Hosen zu beißen . Gitta: „Wir drehen mal" und kurvte schon in die andere Richtung. Flur, Jannis Zimmer, mein Zimmer, Wohnzimmer, Flur. „Wo ist Janni?" rief ich lachend „Janni hat den Anschluss verloren und ist uns abhanden gekommen" „Wir teilen uns" lachte Gitta „so müssen wir ihn ja wieder finden" Also Gitta links die Runde herum und ich rechts. Ja in der Mitte unserer Runde fanden wir mit lautem Gejohle und Siegesgeschrei Janni wieder. „Wir können ja mal die zwei Treppen runter in die Küche springen" schlug ich übermütig vor. „Genau" prustete Gitta „und alle mal ins Bad, einmal um den Brausebadbadeboiler herum". „Gibt das ein Gedrängel" wieherte ich vor Lachen bei dem Gedanken an unser winziges Bad. Aber es musste ausprobiert werden und Gitta hüpfte die Treppen in die Küche herunter, eine leichte Biegung nach rechts, um nicht im Küchenschrank zu landen (auf dem Küchenboden aus PVC in Holzoptik gewann man ordentlich an Fahrt), hops - eine Stufe runter in Gittas Zimmer. Der Teppich stoppte uns wieder und etwas eierig nach links ins Bad. Gitta ließ sich ausrollen und stoppte am Klo, Janni und ich stoppten, indem wir einfach auf Gitta auffuhren. Falco passte gar nicht mehr hinein und sprang albern und laut bellend vor dem Bad herum. „Ne, war das gut" lachten wir „aber jetzt erst mal Pause und eine Zigarette aussaugen". Janni sagte nicht, wir würden Zigaretten rauchen, er sagte immer, wir würden Zigaretten aussaugen. Also hockten wir uns so gut es ging alle auf die Küchenstufen und saugten erst einmal eine Zigarette aus. Dann ging es wild und ausgelassen weiter. Alle möglichen und unmöglichen Variationen und Hopser wurden ausprobiert, dann spielten wir noch auf Rollschuhen Verstecken, was für mich gar nicht einfach war, weil Falco mein Versteck immer laut bellend verriet. Dann irgendwann gegen Abend hatten wir genug. „Ich hab Hunger" rief Janni. "Ich auch. Ich auch!" riefen wir. Zum Kochen hatten wir nun aber keine Lust mehr. „Ich hole uns was Leckeres am Büdchen" rief ich und nahm gleich die Bestellung entgegen. Hähnchen, Pommes, Krautsalat, doppelt Mayonnaise.

Dann fuhr ich los, aber mit dem Auto, um unser Essen zu holen. Als ich zurück kam, hatte Gitta bereits das Chaos beseitigt, das wir bei unserer Rollschuhaktion angerichtet hatten, den Tisch gedeckt und die Kerzen über dem Tisch angezündet. „Mhh, jetzt hab ich aber Hunger". Nach so viel

Bewegung schmeckte es gleich doppelt gut. Nach dem Essen, der obligatorische Jagdstolz und Flegelhaltung am Tisch einnehmen, sprich Beine auf die Tischecke legen. „Ach" rief Gitta „du bekommst ja noch Geld von mir, jetzt hier für das Essen". „Ach, lass mal" antwortete ich „ich habe dich heute mal eingeladen" „Nein" protestierte Gitta „das geht nicht, was bekommst du von mir?" „Nichts" sagte ich. „Doch!" sagte Gitta. „ Nein!" sagte ich. „ Doch, doch!! „sagte Gitta und schob mir einen Geldschein hin. „Nein!!" wehrte ich ab und schob den Geldschein zurück. So ging das einige Male hin und her, bis Janni, der die ganze Aktion mehr als interessiert beobachtet hatte, in seinem Stuhl aufstand, sich dicht vor Gitta stellte, sich leicht nach vorne zu ihr vorbeugte und fast Nase an Nase ganz ernst und streng zu ihr sagte: „Hast du nis gehört Ditti, meine Mama hat `Nein` gesagt und wenn sie ´Nein´ sagt, dann musst du höööören, is muss höööören, dann muss Ditti auch auf Mama höööören." Sprachs, drehte sich um und setzte sich wieder an den Tisch. Mit großen erstaunten Augen und beide ein „OOOhhh" auf den Lippen, sahen Gitta und ich uns an.

.

Heute wird aufgeräumt

Manchmal (selten) kriege ich einen Koller, dann regt mich alles auf, besonders Unordnung, die mich wochenlang kalt lässt, geht mir dann auf die Nerven, heute war so ein Tag, es wurden Kleiderschränke aufgerissen, Kleidung wahllos in Säcke gestopft, alles soll ordentlich leer und übersichtlich aufgeräumt sein. Meine Aufräumwut beschränkte sich heute aber nicht nur auf mein Zimmer, sondern uferte auch bzw. besonders zu Jannis Zimmer über. Sprachlos stand ich dort und schaute mir das ungeheure Chaos an. Gestern waren die Nachbarzwillinge da und gespielt in dem Sinne von Spielen hat wohl nicht stattgefunden. Es waren lediglich alle Schubladen aus den Schränken heraus gezogen, sämtliche Spielzeug- und Legokisten entleert, Plüschtiere, die sonst ordentlich auf den Schränken und Regalen saßen, in den Raum geworfen worden. Bilder hingen nur noch an einem Nagel schief an der Wand. Gestern noch fand ich diesen Zustand normal, aber heute war er für mich unerträglich. „Jannik" rief ich streng „komm mal bitte her, kannst du mir mal erklären, was das hier soll? Jetzt aber mal an die Arbeit, hier wird jetzt wieder aufgeräumt. Bei den Bildern helfe ich dir, aber Schubladen und Kisten räumst du alleine wieder ein." Sofort, ohne Zeitverzögerung setzte lautstarkes Geheule von Janni ein „dath kann is nis, dath will is nis, das war ich ja auch nicht alleine." „Egal" war mein Kommentar „das wird hier und jetzt aufgeräumt und du kommst nicht eher aus dem Zimmer, bis wieder alles an seinem Platz ist." Mit Androhungen war ich immer gut dabei – mit der Durchführung dann eher nicht mehr so, aber heute wollte ich mal hart sein, also keine Diskussion, das Zimmer wird jetzt aufgeräumt, die Türe angelehnt. Ich ging wieder in mein Zimmer, um dort meiner Aufräumwut gerecht zu werden. Tausend Zeitschriften, so geht das aber nicht, die müssen alle weg. Mit einem Stapel Zeitungen bewaffnet auf dem Weg zum Müll, hörte ich immer noch Jannis Geheul aus seinem

Zimmer: „Is kann das nis, is schaffe, das nis, das ist so ungerecht." Wieder in meinem Zimmer angekommen, sah ich, wie Janni auf seinem Fensterbrett saß, an der Fensterscheibe klebte (die zur Straße und somit auch zum Nachbar Albers hinausging) und laut heulend rief: "Frau Albersmeyer, Frau Albersmeyer is muss hier verdursten und verhungern, is darf hier nicht mehr raus, bevor mein Zimmer aufgeräumt ist." Und setzte noch vor Selbstmitleid triefend einen lauten lang gezogenen Heuler hinterher. Rasch ging ich zu meinem Fenster, welches auch nach vorne zur Straße hinausging und machte mich bei Frau Albersmeyer bemerkbar, welche mich auch sofort sah, ich tippte mir mehrmals mit dem Zeigefinger an die Stirn, nach dem Motto „Der spinnt". Grinsend sah Frau Albersmeyer mich an und meinte dann mitleidig zu Janni „ Du armer, kleiner Kerl, dann räum doch rasch auf, dann kommst du doch auch wieder raus.". „Nein" heulte Janni weiter „so is das nis, ich werde jetzt hier sterben, verhungern und verdursten und meine Mama ist Schuld". Na ja, mein Zimmer war fertig aufgeräumt und um Leben zu retten, ging ich dann noch in Jannis Zimmer rüber....

Herbst

Nach einem wundervollen Sommer, das Wetter war so schön wie lange nicht mehr gewesen, folgte ein ebenso schöner Herbst. Unsere Obstbäume im Garten waren über und über voll mit Früchten, wir sprachen Freunde und Familie an, sich reichlich von unseren Bäumen zu bedienen, was sie auch taten. Doch immer noch gab es in Hülle und Fülle und es wäre eine Schande gewesen, das schöne Obst vergammeln zu lassen. So überlegten wir hin und her, was wir damit anstellen konnten. Marmelade einkochen, gesagt, getan. Wir stellten Marmelade in jeglicher Form und Zusammenstellung her. Pfirsich-Erdbeere, Wein-Erdbeere, Stachelbeere, Kirschmarmelade mit Kernen (weil keine Lust zum Entsteinen) und, und, und.... Hartmut, der Vater meines Ex-Freundes Kalli kaufte extra eine Weinpresse um der Trauben des Weines, der wild um unsere alte Garage und bereits in die Obstbäume wucherte, Herr zu werden. Dann kam uns die Idee, wir legen uns ein Schnapslager an. Wir tranken ja eh immer nach dem Essen unsere Gläschen Jagdstolz, da konnten wir doch ebenso gut unseren eigenen „Aufgesetzten" herstellen, was wir dann auch sofort umsetzten. Wir sammelten „Wimmelchen" , Stachelbeeren, Kirschen, Äpfel (schmeckt nicht gut), Pfirsiche (sehr lecker – hätten wir davon mal mehr gemacht), Birnen (bah), Aprikosen (hmmm), Weintrauben und füllten die Früchte jeweils in Flaschen, auch davon hatten wir genug – zwar nicht ganz so viele, wie Udo (der seltene Besucher seiner Wohnung oben, über uns). Wir wohnten ja nun schon fast ein Jahr hier in unserem Vinnbusch und Udo haben wir erst einmal kennen gelernt bzw. einmal gesehen, er kam nachts nach Hause, in Unkenntnis davon, dass in dem Haus neue Bewohner leben, schloss er die Haustüre auf und betrat arglos den Flur, den wir uns ja teilen mussten, und in dem nachts Falco wachte und wie er wachte, der liebe, dicke, sonst gutmütige Zottelhund. Er riss bald den Flur ab, als doch

einfach ein Mann das Haus betrat, dieses wütende Gebell habe ich vorher und hinterher noch nie von meinem „Dicken" gehört. In einem Abstand von ca. 50 cm sprang er, wie wild geworden, vor Udo herum und kläffte und bellte furchteinflößend, jederzeit bereit, ihm an die Kehle zu springen. Ich schoss wie eine Rakete aus dem Bett, prallte im Flur mit Gitta zusammen, die natürlich auch Falcos Theater gehört hatte und wir sahen beide, wie Udo platt an die Flurwand gedrückt, mit kalkweißem Gesicht und zitternden Händen nach oben deutete: "Ich wwwollte nnnnur in mmmeine Wohnung". Nun es war ihm gestattet. Aber danach haben wir ihn nicht mehr gesehen. Ein anders Mal mussten wir seine Wohnung durchsuchen, weil uns eine Katze, ich glaube Teasy, verloren gegangen war. Wir stiefelten also leise in die Wohnung und riefen immer: „Miez, miez, miez". Keine Antwort – keine Geräusche, aber so kleine Katzen passen ja überall hin und rein. Also öffneten wir vorsichtig den Küchenschrank – alles voller leerer Bierflaschen – ordentlich aufgereiht von vorne bis hinten. Bei allen Schränken das gleiche – keine Katze, nur leere Flaschen, Hunderte, alle ordentlich aufgereiht, mit Ausnahme des Spülschrankes in der Küche, da zog man an der Lade und - keine Flaschen – nein, es klappte sich eine richtige große Badewanne heraus, dass es so etwas gab, Klappstühle, Klappfahrrad, Klappbrote, davon hatten wir gehört oder es gesehen, aber Klappbadewannen, wir mussten uns vor Lachen erst mal hinsetzen, so schlapp waren wir. Immer wieder zogen wir die Klappwanne heraus und kriegten uns jedes Mal aufs Neue nicht mehr ein. Nein. Eine richtige Badewanne zum Klappen.
Nun gut, also die Früchte in Flaschen, Kandiszucker drauf, Korn (Urvaterkorn) drauf und das war das Schlimmste - erst einmal nicht anrühren, sondern stehen lassen und warten, so ca. bis Winter. Diese lange Zeit überbrückten wir mit Muscheln essen. Das Rezept dafür kam von Bruder Rainer, der für sein Gewürzgeschäft unter anderem eine ganz besondere Muschelgewürzmischung kreiert hatte: Der „van der Linde Fisherman´s Muschel-Curry-Topf". Super lecker!

Männer!!!!!!

Heute früh sagte meine Schwester: „Wir müssen mal wieder unter Leute, lass uns Samstag ausgehen, in unsere Lieblingsdisco und alte Bekannte und Freunde treffen. Wir verstauben hier ja regelrecht".

Gesagt, getan. Was ziehen wir an? Komplizierte Frage und Angelegenheit. Mehrere Anproben, schließlich bleibt es doch bei unserer Lieblingsjeans. So fertig! Aber vorher noch ein Gläschen Jagdstolz zum Anwärmen. Taxi bestellen und stets das ewige Lamentieren mit dem Fahrer, welche Strecke am günstigsten und kürzesten ist, aber wir setzen uns durch. Wäre ja gelacht, wir als routinierte Taxi-Moers-Fahrerinnen.

Munter stürzen wir in die Disco, etliche Bekannte sind da, begrüßen, witzeln, lachen und plötzlich starre ich jemanden an. Ewig, Jahre nicht mehr gesehen, aber damals heftig verliebt in ihn gewesen.

Er guckt auch, kommt zu mir, spricht mich an „Hallo, wie geht's?" und so weiter. Gudrun lehnt mit dem Rücken an der Theke, er möchte einen neuen Drink bestellen und schubst sie etwas zur Seite (er ist etwas ungehobelt in seiner Art, setzt dies aber bewusst und extra ein). Meine Schwester erstaunt über diese unsanfte Behandlung, sagt ganz ruhig und freundlich: „Ich möchte bitte wieder an meinen Platz zurückgestellt werden." Er stutzt überrascht und lacht dann laut auf. Ja, so was mag er - Witz und Humor. Ich bin leider gar nicht witzig, sondern stumm und langweilig. Mein Hirn ist eingefroren oder verloren gegangen. Ich suche und suche, finde aber kein Thema, nicht die kleinste Bemerkung - nichts! Es wurde aber trotzdem noch ein lustiger und feucht-fröhlicher Abend mit Absacker bei Rosi (grauenhaft). Und ich höre und staune, er fragt mich nach einer Verabredung für den nächsten Tag – Sonntag! Nachmittag, spazieren gehen am Rheinufer, ganz zünftig. Ich strahle. „Du" sage ich zu Gudrun, „da nehme ich den dicken Falco mit, das lockert das ganze etwas auf". Meine Scheu ihm gegenüber und Beklommenheit war immer noch nicht gewichen.

Sonntag 14 Uhr ausstaffieren zum Spaziergang – rustikaler, dicker Pulli an, Lederjacke, Schal, Stiefel. „Toll" sagt Gudrun, „siehst richtig gut aus" und bürstet Falco noch etwas Mist aus dem dicken Zottelfell. Ab ins Auto, aber wie? Der dicke Brummer Falco und mein kleines Auto. Irgendwie verstauen wir Falco auf dem Beifahrersitz, der guckt natürlich schön blöd, so was kennt er nicht, im Auto auf dem Sitz sitzen. Den Kopf an das Autodach gepresst, die Sonnenblende vor der Nase und ständig schwankend, um mit seinem dicken Hintern nicht über den Sitz zu rutschen, nein, das ist nichts für Falco, er will in den Fußraum – egal wie. „Oh je" stöhnte ich „ob das gut geht? Na, das wird ja was, ich kann gar nichts sehen". Der Berg Falco neben mir verdeckt die halbe Frontscheibe, zu seiner Seitenscheibe kann ich gar nicht raus sehen ohne von Falco kurz geküsst zu werden. Aber ich hatte es mir so in den Kopf gesetzt und es würde schon irgendwie gehen, jetzt hieß es durchhalten.

„Ich drücke dir die Daumen" rief Gudrun und lacht sich über unseren Anblick halb schlapp. „Hoffentlich büxt er mir am Rhein nicht aus" rufe ich noch zurück und fahre langsam los, In der nächsten Linkskurve prallt Falco mit seinem Dickschädel gegen meinen Rückspiegel, knacks, abgebrochen. „Na ja, ein paar Schrauben und dann ist er wieder dran" beruhige ich mich und versuche mit der rechten Hand Falco etwas festzuhalten und zu stabilisieren, aber da rutscht schon die Sonnenblende, aus der Verankerung gerissen, über Falcos Schulter in den Fußraum. „Sch…, Falco nu pass doch mal auf, wenn du so weiter machst, braucht das Auto eine Vollrestaurierung". Meine Vorahnung täuschte mich nicht, nachdem die Kopfstütze abknickte, weil Falco meinte, er müsse nun einmal andersherum sitzen, brach nur noch der Fensterhebel ab. „Mensch Falco, jetzt bleib doch einfach mal still sitzen". Der arme Kerl konnte noch nicht mal rausgucken, sondern klebte ab Augenhöhe im Deckenraum. Ein bisschen musste ich doch grinsen.

Dann waren wir angekommen, ich raus, Falco ganz erleichtert mit einem riesigen Satz (nicht noch ohne sich kurz im Anschnallgurt zu verheddern) raus.

Ungefähr eine Stunde später stehe ich wieder vor unserer Haustüre, Falco an der rechten Hand, links im Arm die ganzen abgebrochenen Gegenstände aus meinem Auto. Erstaunt öffnet Gudrun die Haustüre „Was ist los?" fragt sie. „Nichts" sage ich und schütte die Autoteile auf den Esstisch. „Das ist die Ausbeute des heutigen Tages. Könnte es doch sein, dass wir irgendwie Pech mit Männern haben?" „Nein" sagt Gudrun im Brustton der Überzeugung „Ideen hast du, wie kommst du denn darauf? Jetzt kriegt Falco aber erst einmal ein Leckerchen, weil er so brav war."

Albersmeyer, Gott und die Rollschuhe

Es ist November geworden, ich bin am Nachmittag allein, Gudrun ist zum Reitstall gefahren. Ich mag dieses Novemberwetter, schaue aus dem Fenster in den Garten, auf die Felder und am Ende der Straße auf das kleine Wäldchen. Grau-weißer Nebel, braune Erde, schrille Schreie der Krähen sonst bewegungslose Stille, zeitlose Ruhe. Ich fühle diese Ruhe und genieße sie, Pause, hier bei uns Pause. Woanders lebt das Leben hektisch weiter. Im Wohnzimmer den Kamin anzünden, Kerzen, ich bereite den Kaffeetisch vor, gleich kommen Gudrun und Jannik, ich freue mich. Autogeräusche, da sind sie. Falco springt aus dem Auto und wie ein Dollmann im Kreis herum und rüber zum Nachbarn. Herr Albersmeyer werkelt im Garten. Janni ist inzwischen aus dem Auto gehüpft und schreit: „Albersmeyer, Albersmeyer, guck mal, guck mal, was iss kann" Janni dreht sich, wie ein Kreisel. „Ja, ja" sagt meine Schwester beruhigend zu Janni und mit komisch, verlegenem Lächeln: "Guten Tag, Herr Albersmeyer" und zerrt Janni schnell ins Haus, der schreit immer noch "Albersmeyer, Albersmeyer, aber jetzt guck doch mal". Herr Albersmeyer grinst und brummt: "Klasse, Junge, klasse". Erzieherisch sagt Gudrun zu Janni: "Das heißt doch nicht Albersmeyer, man sagt ´Herr Albersmeyer´", Janni darauf: "Aber ihr sagt doch auch immer der Albersmeyer." „Ähm" machte Gudrun „da haben wir vielleicht nur einmal vergessen, den Herrn dazu zu sagen". „Nein" erklärte uns Janni mit wichtigem Gesicht „das sagt ihr iiimmer – der Albersmeyer". „Komm wir wollen Kaffee trinken" sage ich „und du leckeren Kakao" und uns das Lachen verbeißend gehen wir in das Wohnzimmer. Seit fast einem Jahr wohnen wir jetzt hier an unserem Vinnbusch zusammen, ringsherum nur Felder bis auf die Nachbarn gegenüber, das Ehepaar Albersmeyer mit dem 25-jährigem Sohn Lars und direkt neben uns Mariann und Jürgen mit den Zwillingen. Gudrun, ungezwungen und offen, hatte in dieser Zeit mühelos einen herzlichen Kontakt hergestellt. Sie überzeugte mit ihrem patenten, gradlinigem Wesen und sie hatte Witz. Vorsichtig tat ich es ihr nach. In den Wohnungen, und es waren nicht wenige, in denen ich gewohnt hatte, war eine Nachbarschaft nie entstanden. Es lag wohl ausschließlich an mir, ich war so intensiv mit mir beschäftigt, dass ich Menschen um mich herum gar nicht wahrnahm, wahrnehmen wollte, sie waren mir absolut gleichgültig und ihr langweiliges Leben interessierte mich nicht. Hier aber beobachtete ich Gudrun und begann etwas wahrzunehmen, von dem ich vage fühlte, dass dies mehr war, als den Nachbarn „Guten Tag" zu wünschen. Nach und nach spürte ich eine Freude aufkeimen, ich spürte plötzlich ein „Dasein" ein „Vorhandensein", eine Sicherheit, Bodenhaftung und Geborgenheit. Wie aufgewacht rieselte dieses Erkennen einer neuen Erfahrung durch mich durch. Dieses Haus, dieser Garten, unsere Tiere, wir alle hier (insgesamt nur ein paar Menschen) das war mein Zuhause - bislang wohnte ich immer „Irgend wo", aber jetzt erlebte ich: „Ich lebe hier" mit und durch die anderen.

Ich musste an meinen Vater denken (heute 80 jährig) in Niederschlesien geboren und als 18-jähriger mit seinen Eltern, seinem Bruder und seiner Großmutter von dort im zweiten Weltkrieg vertrieben worden. Dort in einem kleinen schlesischen Dorf ist er aufgewachsen, meist bei seinem Großvater in der Backstube, Großmutter vorne in der Bäckerei, die er beide besonders liebte. Der Großvater wurde bei der Vertreibung von den Russen erschossen, weil er seine Bäckerei nicht verlassen wollte. Seine Mutter hatte nebenan ein Haushaltswarengeschäft und sein Vater stammte von einem ansässigen Bauern- und Pferdehof. All das musste Hals über Kopf verlassen werden, aber immer hat er in den weiteren Jahren Anteil genommen, an „seinem Schlesien" und abonnierte die hiesige monatliche Schlesien-Zeitschrift. Unser Weihnachtsfest – ohne die traditionellen schlesischen Weißwürstchen mit Pfefferkuchensoße, konnten wir uns gar nicht vorstellen. Im vergangenen Jahr fuhr unser Bruder mit Vater und Mutter in Vaters geliebtes Schlesiendorf. Sie besuchten alle bekannten Häuser und Orte aus seiner Jugend. Wieder zu Hause, erzählte unser Bruder erschüttert über den Besuch des väterlichen Bauernhofes. Vater stand stumm in der Mitte des Hofes und plötzlich legte er die Hände vor sein Gesicht und weinte – ein gestandener Mann von 80 Jahren steht dort, wo sein Leben begann, dann grausam entwurzelt wurde und weint. Alle mussten wir weinen, bei dieser Erzählung. Aber es ergab sich dann doch noch etwas Freudiges und Tröstliches. Der Großvater meines Vaters hatte in einer Mauerwand eine Nische eingebracht, eine kleine Heiligenfigur dort aufgestellt und darüber oder darunter war der Familienname eingemeißelt worden. Diese Stelle wurde gefunden, sogar die Heiligenfigur, erst fehlte ihr ein Arm, aber durch beständiges Nachfragen meines Bruders machte der jetzige Besitzer sich auf, durchstöberte die alten Scheunen und kam dann tatsächlich mit dem verlorenen Arm zurück.

Heute steht die Heiligenfigur bei meinen Eltern im Garten und dort, in Schlesien, steht immer noch unser Familienname eingemeißelt in uraltem Gemäuer.

Ein Weh stieg mir in die Kehle und in die Augen. Das Heim, das wirkliche, das ursprüngliche Heim, das „Zuhause" ist die Kindheitszeit, die Jugendzeit, diese unwiederbringliche Zeit, doppelt verloren, weil vertraute Landschaft, Dörfer, Straßen und Häuser, Menschen, geliebte Verwandte, Freunde, Bekannte entschwunden sind und nie wieder, so wie damals, in einer Geborgenheit gebenden Einheit und Gemeinsamkeit zu erleben sind. Mein Heim ist hier, es ist ringsherum um mich. Ich kann allen Pfaden wieder nachgehen. Ich kann sie aufheben und wie an einem Schal weiter stricken, immer weiter, bis es ein Ganzes geworden ist. Irgendwann einmal ein ganzes Leben. Mit meinen Mitmenschen, die ich mag oder auch nicht, mit denen mich das Verstehende verbindet, das Verstehen und verstanden werden. Wir sprechen eine, unsere gemeinsame Sprache und das fühle ich, das wichtigste am „Zuhause sein". Das Erkennen der Worte, der Gesten, der Mimik, der Traditionen und der Lebensgewohnheiten. Das Wesen einer Landschaft, einer Stadt, eines Dorfes, durchfluten uns und spiegeln sich in uns. Dieses Wiedererkennen in unseren Sinnen macht es zur Einmaligkeit. Farben, Gerüche Geräusche, wie ein Schwamm einsaugt, sind sie eingesogen in jedem. Das Wesen der Landschaft, da üppig und sinnlich oder schroff und karg, lieblich, weich und grün oder öde grau und staubig, ist in einer Art und Weise in seinem Wesen er selbst geworden. Und da ist man zu Hause.

„Albersmeyer, Albersmeyer, der Albersmeyer" sang und rief Janni in einem fort, während wir Kaffee tranken. „Jetzt ist aber genug, jetzt mal was anderes" sagte Gudrun „Spiel doch was". „Ich kann doch gar nicht spielen, guck doch mal, wie ich aussehe" Es stimmte, die Ärmel des Sweatshirts schlackerten wie Trompeten-Ärmel lang und weit bis über die Fingerspitzen. Entrüstet stand er vor uns, schwenkte die Ärmel und posaunte „ Meinst du, iss will aussehen wie Gott?" Den konnte er nun mal gar nicht leiden. Im Kindergarten wurde in letzter Zeit viel aus der biblischen Geschichte erzählt und einmal verkündete er stolz: "Heute hatte ich mit Gott zu tun", danach ließ sein Interesse an Gott rapide nach, uns war rätselhaft, warum er eine Abneigung entwickelte und als ich ihm vorschlug: "Soll ich dir auch einmal Geschichten von Gott erzählen", drehte er sich verstockt um, gab der Zimmertür einen ordentlichen Tritt und sagte resolut: "Von Gott will iss nichts mehr hören!"

„Kommt, wir fahren noch eine Runde Rollschuh" schlug Gudrun vor (es war ihr neuestes Hobby) und auf ging es. Jacke, Schal und Handschuhe an, im Flur die Rollschuhe angezogen, so, fix und fertig parat zum losdüsen – Haustüre auf – und wir kollerten alle der Reihe nach mit unseren Rollschuhen die Stufen hinunter auf die Straße. In diesem Moment kam auch der Nachbar Albersmeyer aus seiner Haustüre und feixte: „Na, ist der Sprit wieder teurer geworden?" Vor Lachen konnten wir uns kaum auf den Rollschuhen halten, plumpsten vornüber und setzten uns erst mal wieder auf die Stufen, um zu verschnaufen. „Ne, ne, der

Albersmeyer, das ist einer" lachten wir. „Huhu Albersmeyer"
schrie Janni wieder entzückt und rollte mit den Augen.

Falco und die Dose

Es war Donnerstagnachmittag, ich kam vom Büro und fuhr auf der eingeschneiten Straße an unserer langen Hecke entlang, die jetzt um diese Jahreszeit ein bisschen blickdurchlässig war. Ach, ist das schön – auch in dieser Jahreszeit ist unser Garten schön anzusehen. Alles lag unter einer weißen Schneedecke, dick und warm verpackt. Ich freute mich darauf, erst einmal den Kamin und ein paar Kerzen anzuzünden und in Ruhe Kaffee zu trinken. Ganz gemütlich und in Ruhe, Janni war noch bei unseren Eltern, irgend etwas hatten sie vor und wollten mir Janni danach bringen. Also hatte ich noch zwei Stunden nur für mich, die wollte ich auch genüsslich auskosten und es mir „gut gehen" lassen. Aus den Augenwinkeln sah ich den schwarzen Falco wie ein Irrer im weißen Schnee herum springen. „Was hat der denn?" dachte ich. „So übermütig kenne ich den ja gar nicht. Freute er sich so über den Schnee? Den hatte er doch schon die ganze Zeit gesehen". Falco war ein Wind- und Wetter-Hund, er liebte das Kalte und wollte selten in die warme Wohnung, auch Decken und Körbchen verabscheute er, wenn er dann einmal bei uns in der Wohnung war, hechelte er wie verrückt und streckte sich sofort auf den kalten Fliesen im Flur aus.
Ich stieg aus dem Auto und ging gleich zum Gartentor, Falco sprang und bockte wie ein Irrer auf der Stelle herum. „Mmh?" dachte ich und ging auf ihn zu, beim Näherkommen sah ich, dass er etwas im Maul hatte, sah aus wie eine Dose... „Falco" rief ich energisch „jetzt komm sofort her." Sofort unterließ er das blöde Gehopse und sprang mit weit aufgerissenen Augen auf mich zu, im Maul hatte er eine Katzenfutterdose. „Lässt du wohl die Dose sein, Pfui ist das!!!". Betrübt stand er vor mir, ich griff nach der Dose – um Gottes Willen, er hatte sie gar nicht im Maul, seine Zunge war darin eingeklemmt und er kam nicht mehr von der Dose los, weil sich der Deckel in die Dose hinein gedrückt hatte. Mir wurde ganz anders. „Ruhe bewahren" sagte ich zu Falco, aber

136

eigentlich am meisten zu mir, griff ohne zu zögern nach der Dose, abziehen konnte ich sie nicht, ich musste den Deckel wieder hochklappen, das würde aber schmerzhaft werden, weil die Zunge im Weg war. Wenn ich nun den Deckel hochklappen würde, würde sich der Platz für die Zunge erst einmal verringern, die Öffnung wird ja dann schmaler, aber danach wäre die Zunge frei, wenn ich den Deckel weiter hereindrücken würde, quetschte ich nur die Zunge und sie käme gar nicht heraus. Ich entschied mich für Möglichkeit A, Deckel hochziehen, auf Widerstand treffen (Zunge), jaulen und schreien von Falco, weiter Deckel hochziehen – ich habe die Dose in der Hand. Falco flüchtet jammernd. „Falco, hier!!!" Ich muss doch sehen, was mit der Zunge ist. Ja, ein bisschen Zunge abgekniffen, es blutet doll. „Armer Falco, dummer Falco, was machst du Gierlapp auch mit der Dose. Das wird dir eine Lehre sein. Du gefräßiger Hund. Komm erst mal was trinken und Zunge spülen. Komm, du kriegst auch ein Lecker" tröstete und schimpfte ich ein wenig. Beide gingen wir ins Haus. Ich, um den Kamin anzumachen, Falco, um bei einem Nickerchen, den Schreck zu vergessen.

Also Kamin an, Kerzen an, Kaffee kochen – und erst mal einen „Aufgesetzten" meiner Wahl und dann noch „einen" zum Kaffee. Das Feuer im Kamin loderte, es wurde langsam warm im Wohnzimmer. Seufzend setzte ich mich an den Esstisch und blickte verträumt aus dem Fenster, da gab es aber nichts zu sehen, außer weiß, alles weiß, die Straße war, weil sie nicht geräumt wurde, von den Feldern nicht zu unterscheiden, alles dick eingeschneit. Ich musste an unseren Taxifahrer von letzter Nacht denken, der sich weigerte in unsere Straße einzubiegen, "Mensch Mädchen, da komm ich mit mein Taxi ja nie wieder raus. Nee, nee, da lauft ma schön alleine durch. Mit mir nich. Acht Mark und Tschöö." Weg war er und wir mussten uns mitten in der Nacht, bei eisiger Kälte, die lange Straße entlang durch den Schnee kämpfen. „Ach der Lars" dachte ich, als ich das Auto von Nachbar Albersmeyers Sohn sah, „Mensch der ist aber flott unterwegs" mit aufheulendem Motor und lauter Musik – und

Bassgedröhne preschte er durch den Schnee, die Straße entlang, tat einen kleinen Schlenker und landete weit ab von der Straße im Feld. „Das hab ich jetzt nicht gesehen, das hab ich jetzt einfach nicht gesehen" sagte ich zu mir, mich brüsk vom Fenster abwendend, „irgendwann muss man auch mal Feierabend haben, das habe ich jetzt überhaupt nicht gesehen." Ich schenkte mir einen neuen Kaffee und einen "Aufgesetzten" ein und beobachtete dann aber doch die Hilfs- und Rettungsaktionen der Nachbarn, Lars samt Auto wieder aus dem Feld zu bekommen. Erst versuchte man ihn bzw. das Auto mit Abschleppseilen herauszuziehen, dann wurden Bretter angeschleppt, ausgelegt und schließlich ruckelte man ihn und sein Auto wieder zurück auf die Straße. Und da kommen ja auch schon die Eltern mit Janni. Ne, war das ein Feierabend...

Ritterrüstung

Es war Winter, kalt, regnerisch und, wie zu dieser Jahreszeit normal, um 17 Uhr schon dunkel. Ich war gerade aus dem Reitstall gekommen, hatte Jannik bei den Eltern abgeholt und war durchgefroren bis auf die Knochen. „Erst mal Kamin an oder erst Falco säubern" dachte ich, für Falco war der Stall ein Paradies, er konnte mit anderen Hunden herumtollen, sich in der Matsche suhlen und auf dem Misthaufen herumklettern, um (bahh) alte Pferdeäppel in sich hineinzufressen. Man kann sich vorstellen, wie Falco dann so aussah, sein schwarzes Zottelfell nass, matschig und stinkend verklebt. Manchmal war es so schlimm, dass ich (im Winter) mit offenen Autofenstern nach Hause fahren musste, weil der Gestank nicht auszuhalten war. Falco liebte das. „Nun gut" dachte ich. „Falco erst einmal zum Ausdünsten in den Garten und ich mach den Ofen an, dann werde ich baden." Also Brausebadbadeboiler an, Ofen an. Janni war in seinem Zimmer verschwunden, hatte seinen Schlafmann schon angezogen, darüber seine Ritterrüstung und kämpfte mit riesigen Drachen, ich hörte sein mutiges Kampfgebrüll bis ins Badezimmer. Durch die Kampfgeräusche hindurch hörte ich das Telefon klingeln „Bor, das jetzt auch noch" griff zum Hörer und meldete mich. "Ja Schatz" hörte ich meine Schwester am anderen Ende säuseln. „Wann kommst du denn, ich warte schon?" „Watt?" sagte ich extra-platt, weil wir zwar sehr innig miteinander waren, aber so redeten wir uns eigentlich nicht an.

„Du wolltest mich doch abholen, Schatz, dann komm doch auch." Stille. In meinem Kopf ratterte es, was wollte Sie? Aufgelegt. Ich stand noch mit dem Hörer in der Hand. Sie tat so, als würde sie abgeholt werden, warum? Heiß schoss es mir durch den Körper: „Raubüberfall, bestimmt wieder ein Überfall." Vor einiger Zeit ist sie in ihrem Geschäft überfallen worden, richtig gruselig und brutal, mit an den Kopf gehaltener Schusswaffe usw. „Janniiiik, Falcooo schnell ins

Auto, wir müssen zu Gitta ins Geschäft." Hektisch stopfte ich den protestierenden Janni mit Schlafanzug und Ritterrüstung, Helm und Schwert auf den Rücksitz, Falco dreckig und stinkend sprang hinterher, ich noch in Reitklamotten, schon sausten wir los, durch die Felder, auf die Autobahn, in Duisburg wieder runter von der Autobahn, durch die vorweihnachtlich verstopften Straßen, das ging mir alles nicht schnell genug, was wäre, wenn ich zu spät käme, nicht auszudenken, „Mensch, fahrt doch, ihr Idioten" schimpfte ich und Janni und Falco schleuderten bei meiner ruppigen Fahrweise ordentlich hinten im Auto herum, wobei Janni, der ja angeschnallt war, noch besser dran war. Zackig bog ich von der Straße in die Fußgängerzone, preschte an mit Tüten beladenen, erstaunt blickenden und manchmal auch hinter mir her schimpfenden Menschen vorbei. Bremste kurz und scharf vor dem Schaufenster meiner Schwester und war schon aus dem Auto. „Raus!" rief ich Falco zu und zu Janni: „Und du bleibst erst mal sitzen!" Erstaunlicher Weise gehorchten beide auch prompt ohne Murren., „Zack, zack ins Geschäft" rief ich und war schon die zwei Stufen hoch, Türe aufgerissen, was sollte ich denn überhaupt tun, ich hatte keine Ahnung, aber Falco übernahm das Kommando, schnurstracks, mit riesigen Sätzen und ohne sich zu fürchten, sprang er durch das Geschäft nach hinten durch in die Behandlungskabine, in der sich Gitta und ein Kunde befanden. Der Mann lag ahnungslos und entspannt, mit geschlossenen Augen auf der Behandlungsliege, aber Falco war schon bei ihm und roch erst einmal ausgiebig mit seiner großen dreckverkrusteten Nase in dessen Gesicht herum. Der Mann schoss natürlich wie angestochen von der Liege hoch, so etwas Haariges und auch noch Stinkendes im Gesicht „ Baah." Verwirrt blickte er umher, nahm erst Falco, riesig, zottelig und schmutzig, dann mich in Reitklamotten ebenso zottelig und schmutzig, wahr. Sprachlos schaute er von einem zu anderen, bis sein Blick dann an der Türe hängen blieb und er anfing zu grinsen, da stand Janni (auch nicht gerade sauber) in Schlafanzug, Hausschuhen, Ritterrüstung, Helm und „wehe dem, der etwas meiner Ditti tut", mutig sein kleines Plastikschwert vorgestreckt.

Zur Aufklärung, warum Gitta mich überhaupt angerufen hat, ist folgendes: Gitta war in den Abendstunden alleine im Geschäft, die Angestellten hatten schon frei. Der Mann, den sie zur Behandlung angenommen hatte, wurde, kaum dass er auf der Liege lag, merkwürdig, stellte zweideutige Fragen, machte eindeutige Bemerkungen, so dass es Gitta (so kurz nach ihrem ersten Überfall) doch etwas mulmig wurde. Polizei wollte sie nicht rufen, also war ich dran. Und was haben wir sie nicht alle zusammen toll gerettet. Ein Furcht einflössendes Bild für die Götter. Und weil wir alle schon mal so schön beisammen waren, gingen wir Vier (Gitta, Janni, Falco und ich) noch eben, so verdreckt und zottelig wie wir waren und Janni im Schlafanzug mit Schlappen, mit Ritterrüstung, im benachbarten Restaurant jugoslawisch essen.

Duisburg

Seit etlichen Jahren führe ich in Duisburg ein kleines Geschäft: mein Kosmetikinstitut, wohnte aber in der nächsten Umgebung von Moers. So war ich Moerserin und wurde Duisburgerin zugleich, und als zugezogene Duisburgerin muss ich Duisburg dringend verteidigen. Denn allgemein, besonders von Ortsfremden wird Duisburg immer noch als schmutzige, graue Arbeiterstadt, eben Ruhrpott, angesehen. Das hat sich in den Köpfen der Menschen verankert, aber dem ist überhaupt nicht so. Durch die vielen Jahre hindurch konnte ich hautnah die Entwicklung der Stadt beobachten und es ist so: „Duisburg – überraschend anders!" mit ständig wachsender Attraktivität. Der Duisburger, manchmal beleidigend direkt und offen, nimmt kein Blatt vor den Mund, schroff, barsch, motzend, immer gleich mit seinem Kommentar dabei, aber auch frisch, neugierig, herzlich und gutmütig. Für Fremde etwas gewöhnungsbedürftig. „Mach datte da man janz flott wech komms oder ich hau dich jleich watt vorre Backen" kann man schon mal hören, aber sie haben auch etwas Gemütliches und lachen und feiern gerne – der Rheinländer eben. Ein Spaziergang am Duisburger Rhein ist wunderschön und interessant und alle staunen – die Stadt ist grün, richtig grün, auch in der Innenstadt auf der Haupteinkaufsstraße, der Königsstraße, überraschend großzügig und breit, mit vielen Bäumen bepflanzt, mit noch einigen schönen Jugendstilfassaden, Plätzen und Brunnen, dem schönen alten Landgericht, riesiger Skulptur von Niki de St.- Phalle, genannt „Livesaver-Brunnen", dem Blick auf das schöne, neoklassizistische Stadttheater mit seinen sechs Säulen, fast wie das Kolosseum in Rom (wie ein Italiener bemerkte), den Geschäften, Lokalen und Eiscafes, den Wochenmärkten auf den Straßen, den vielen Festen angefangen bei den „Duisburger Akzenten" über den „Matjesmarkt" im Frühling, über Stadtfest, Weinfest bis in den Winter zum

Weihnachtsmarkt – immer ein buntes, lebendiges Treiben und Flanieren. Eine Seitenstraße weiter vom Sonnenwall abgehend, die Wallstraße, auf der ich mein Geschäft habe – eine kleine, aber von Insidern beliebte Fußgängerstraße, auch hier, was den besonderen Flair ausmacht, mit Bäumen bepflanzt, zusätzlich liebevoll von den Einzelhändlern mit bunten Blumen dekoriert, vielen kleinen, feinen Fachgeschäften, Restaurants und Lokalen. Besonders im Sommer, wenn alle Leute draußen vor den Lokalen auf den Terrassen sitzen, entsteht diese nette, individuelle Atmosphäre, hier kennt man sich untereinander, die Anwohner, die Kunden, die Geschäftsleute und die Mitarbeiter. Ein kleines Dörfchen für sich, ein Wohlfühlsträßchen zum "in Ruhe einkaufen", entspannen, genießen.

Die andere Seite der Wallstraße geht in das Dellviertel. In der Mitte ein großer runder Platz von Bäumen umsäumt, auf dem der Wochenmarkt stattfindet und rund herum einige Restaurants und Geschäfte. Besonders hübsch ist es an der Kirche mit Grünanlagen und alten Bäumen. Dort gegenüber ist Duisburgs kulturelles Kleinod, die „Säule", Szenetheater, Kabarette, Lesungen prominenter Schauspieler. Die Kulturzentrale „Hundertmeister", Cafe, Bistro, Kneipe, alles in einem, bietet Musik, Konzerte, Partys, Kabarette, Ernst, Komik und mehr. Daneben das älteste Kino Westdeutschlands mit hochkarätigen Filmen und Restaurant mit guter, frischer Küche. Dann das Brauhaus Webster, Bierkneipe mit deftiger Küche. Bei schönem Wetter sitzt alles draußen vor den Lokalen oder unter Bäumen an der Kirche, die mit bunten Lichterketten geschmückt sind und glaubt sich fast in einer romantischen Altstadt irgendwo an der Mosel. Auch der Sonnenwall ist eine schöne Einkaufsstrasse, geprägt durch individuelle Geschäfte und den zwei renommiertesten Konditoreien, besonders ist aber die Espresso-Bar: Gesellig, etwas lauter, dafür aber rege und lebhaft, sitzen, stehen, drinnen, draußen, alles wie man möchte, mit einem etwas anderem Publikum – moderner, aber deshalb nicht unbedingt jünger. Alte Jugendstilfassaden schmücken das Straßenbild, dafür muss man allerdings den Kopf hoch tragen und den Blick schweifen lassen, denn dieser Stil ist nur in den oberen Etagen erhalten geblieben. Geht man durch das Wasserviertel, auch hier wieder schöne Jugendstilfassaden, Kopfsteinpflaster, rechts und links der Straße schöne alte Bäume, so kommt man in den Innenhafen. Im Frühling, so April, Mai überrascht einen eine kleine Straße in einem völligen rosa Blütenzauber, die gesamten Straßenseiten sind mit Kirschbäumen bepflanzt, es ist ein wunderschöner und romantischer Anblick. Der Innenhafen incl. Jachthafen mit angelegten Kanälen, modernster Wohnarchitektur, alte Speichern (in einem befindet sich das Kultur- und Stadthistorische Museum, in einem anderen das Museum für moderne Kunst), Grünanlagen, alten Stadtmauerresten, Synagoge, lauft vom Marien- bis zum Schwanentor. Es gibt eine archäologische Zone, den alten Markt, das imposante Rathaus, die gigantische spätgotische Salvatorkirche, den Burgplatz und das historische Dreigiebelhaus (ein gutbürgerliches Restaurant) mit reizvollem Innenhof). Nicht zu vergessen Duisburgs kulturelle Ader – die Mercatorhalle, die Spielstätte der Duisburger Philharmoniker, dem Wilhelm-Lehmbruck Museum mit der europaweit einmaliger Sammlung moderner Bildhauerkunst, dem Atlantis Kindermuseum und und und. Events im Innenhafen gibt es fast täglich, durch internationale Restaurants und Lokale vom „Italiener" bis zum „ Mexikaner". Im Sommer den Marina Markt oder das Drachenboot-Rennen und sonstige Partys. Auch um Duisburg herum etliche Möglichkeiten für Freizeitaktivitäten im Grünen, den Zoo am Kaiserberg mit großem Wald, die Sechs-Seen-Platte, der Landschaftspark mit seinen Traumzeit-Festivals.

Ich mag Duisburg, im Sommer fahre ich mit dem Fahrrad ins Geschäft und betrachte das Treiben der Menschen auf den Straßen, setze mich mal hier oder dort in ein Cafe, genieße und entspanne und fühle mich wohl in Duisburg, der "überraschend - anders - als - man - denkt - Stadt". Im

Winter fahre ich Straßenbahn, höchsterstaunlich und interessant, denn dabei kann man das Leben studieren und die Leute, aber das ist eine andere Geschichte, eine Fülle von Geschichten.

Weihnachtswünsche

Wir saßen mal wieder abends bei Kerzenschein und Kaminfeuer an unserem alten Esstisch, wir hatten unsere leckere „Dicke Rippe mit Bohnen" gegessen und waren nun bereits bei unserem Jagstolz angekommen. Gitta hatte es sich in ihrem Stuhl gemütlich gemacht, ich hatte meine Beine (wie es Janni ja gar nicht leiden konnte) auf die Tischecke gelegt und fläzte auch gemütlich in meinem Stuhl. Janni kniete aufgeweckt mit neugierigem Blick auf seinem Stuhl, wir spielten gerade mal wieder: „Ich sehe was, was du nicht siehst und das ist Silber." Eine Zeit lang ging das immer gut und Janni riet und riet, was denn jetzt wohl Silber sei, aber irgendwann war er bitter böse und den Tränen nahe, wenn wir das Spiel übertrieben und gar keine andere Farben nannten, sondern immer nur Silber. „Nein", rief er dann unter Tränen „nicht alles ist Silber, immer nur Silber, Silber, als wäre die ganze Welt nur Silber, iss möchte mal eine andere Farbe raten". „Na gut" sagten wir dann beschwichtigend „machen wir, also ich sehe was, was du nicht siehst und das ist SILBER". Dann wurde aus dem kleinen lieben Engel Janni ein kleines Wutteufelchen, wir lachten dann (ein bisschen) über seine drolligen Schimpfparaden, um ihn dann wieder zu versöhnen. „Nein Janni, jetzt mal richtig, also ich sehe was, was du nicht siehst" begann dann meist Gitta. „Und das ist Silber" fiel ich ihr dann wieder schon vor Lachen prustend ins Wort.

Nun an diesem Abend übertrieben wir es nicht mit unserem Silber, irgendwie war Janni heute ein wenig bedrückt und wir wollten ihn nicht zusätzlich mit unseren „Albernheiten" belasten. Spaß gut und schön, aber richtig ärgern oder verletzten wollten wir unseren süßen Spatz ja nicht. Also nannten wir an diesem Abend ordentliche Farben und nur ab und zu, mal leise und vorsichtig testend „Silber". Mitten im Spiel platzte er dann plötzlich mit seinem Problem heraus: „Mama, iss wünsche mir zu Weihnachten einen Power-

Ranger, einen weißen, mit einem goldenen Schwert". Stille.
Janni wusste genau, wie ich zu solch einem Spielzeug stand,
ich fand es doof, abscheulich und einfach nur bescheuert, also
antwortete ich spontan: „Nein Janni , so einen Mist gibt es
nicht. Das sag ich nicht dem Christkind weiter." Janni tapfer
die Tränen herunter schluckend: „Aber, aber Mama, iss
wünsche es mir doch so doll, einen richtigen Power-Ranger,
mit goldenem Schwert". „Nein", sagte ich bestimmt und
wenig flexibel „aus, gibt es nicht!" Da wurde Janni energisch,
wie selten, er stand in seinem Stuhl auf, reckte seinen kleinen,
zarten Körper, so groß wie es ging und rief empört, mit
vorgestrecktem Kinn auf dünnem Hälschen: „Mir reichts, iss
zieh zu Oma Hanne, die nämlich, Mama, die wird dem
Christkind Bescheid sagen". Sprachlos schauten Gitta und ich
uns an, was jetzt, Janni die Meinung sagen, ihn ins Bett
schicken, lachen? Was tut man in so einem Fall?
Ich brauchte einige Minuten, dann stand ich langsam auf, ging
zum Telefon, nahm es, ging wieder zum Tisch zurück, setzte
mich und wählte die Nummer von Oma Hanne. Während es
läutete, sagte ich zu Janni: „Dann frag erst einmal die Oma,
ob du überhaupt bei ihr wohnen darfst" und reichte ihm den
Hörer. "Hallo, Oma Hanne" hörte ich Jannis kleine, zaghafte,
tränen-erstickte Stimme „Oma, als erstes muss iss sagen, iss
bin heute etwas weinerlich." Mein Herz quoll über, ich
musste meine Tränen zurück halten, auch Gitta sah man an,
dass sie Janni am liebsten in ihre Arme genommen hätte.
Mein Gott, der kleine Janni ... „Oma, iss wünsche mir zu
Weihnachten, sooo sehr einen Power Ranger, einen Weißen
mit goldenem Schwert und Mama will nicht dem Christkind
Bescheid sagen, wenn iss jetzt zu dir ziehe, sagst du doch dem
Christkind bestimmt Bescheid." Mein Gott, ich hätte nicht in
Omas Haut stecken wollen, wie kann man denn da noch
„Nein" sagen. Wir hörten natürlich nicht, was Oma sagte,
aber Janni nickte, mit Tränen in den Augen, leicht und leise
mit dem Köpfchen, verabschiedete sich dann von Oma.
„Und?" flüsterten wir und trauten uns kaum zu atmen. „Was
sagt Oma Hanne?" „Dass iss sie immer und so oft besuchen

kann, wie iss will, aber wohnen solle und wolle iss doch bei dir, Mama." Gute Oma Hanne, ganze Gebirge krachten uns vom Herzen, hat sie doch diplomatisch und lieb gemacht. Wir brauchen auch wohl nicht groß erwähnen, welche Bestellung wir bei dem Christkind aufgaben und was dann wirklich unter dem Tannenbaum lag...

Schlesische Weihnachten

Der Vinnbusch rüstete sich für die Weihnachtszeit. Die dicken Federbetten, die warme Flanellbettwäsche, kuschelige Schlafanzüge und mollige Wolldecken kamen wieder zum Einsatz. Fenster und Türen bekamen dicke Frotteerollen, denn im Haus konnte es ordentlich kalt werden und alle Zimmer schön warm zu halten, war ohne Heizung, sondern nur mit Holz- und Kohlekamin ein erheblicher Kraftakt. Tausend Tricks dachten wir uns aus, damit bloß die Kamine nicht über Nacht ausgingen, denn einige Stunden ohne Befeuerung reichten und unser Vinnbusch war wieder eisekalt.

Holz musste gekauft und in der Garage gestapelt werden. Der Kohlenhändler wurde bestellt und kam eines Morgens mit etlichen Säcken Eierkohle. Janni war ganz aufgeregt und staunte, als der Kohlenmann mit seinem Lastwagen kam, die Säcke über die Schulter warf und dann die Eierkohle über die Kohlenrutsche in den Keller prasseln ließ. War das ein Dreck und Staub. Stunden später wagten wir uns erst in den Keller, nachdem sich die Kohlenstaubwolke gelegt hatte. Wir schaufelten die Eierkohle in ihr Becken und schrubbten und fegten den Kellerboden und kamen, wie die Schornsteinfeger, mit schwarzen Gesichtern und Händen wieder herauf. Janni fand das herrlich, so ein richtiger schöner Dreck.

Schon rückte die Adventszeit näher, wir schmückten unseren Vinnbusch. Die Haustüre bekam einen Tannenkranz mit Schleifen und Nikoläusen, die Blumenkübel links und rechts vor der Haustüre und die Blumenkästen auf den Fensterbänken bepflanzten wir mit Wintererika und dekorierten auch wieder Tannenzweige dazu. Die Zimmertüren bekamen Tannenzweige, in die zwei kleinen Küchenfenster hängten wir Nikolauslichterketten und im Wohnzimmer, als Mittelpunkt, dekorierten wir das Fenster, an dem unser Esstisch stand, samt Fensterbank. An das

Fenster kam ein großer Lichterstern, auf die Fensterbank ein kleiner beschneiter Tannenbaum, Kerzen, Nüsse, Äpfel und einige weihnachtliche Holzfiguren – eine richtige kleine Landschaft. Das andere Fenster bekam Mistelzweige, Schleifen und Kerzen. Ach, war das schön und gemütlich bei uns. Der Kamin bollerte, oben in das Teekesselfach legten wir Äpfel oder selbstgesammelte Esskastanien, die Kerzen mit ihrem sanften Licht, der Duft der gebratenen Äpfel oder Kastanien, es war so eine richtig stimmungsvolle Vorweihnachtsatmosphäre. Wir sangen mit Janni Nikolaus- oder Weihnachtslieder oder sagten Gedichte auf und er flitzte oder turnte in seiner, wie er sie nannte „Rumpfhose" (Strumpfhose) auf den Couchen herum und plapperte alles, was wir ihm vorsagten, kreuz und quer durcheinander. Ab und zu kamen unsere Eltern vorbei und brachten selbstgebackene Plätzchen mit. Weihnachtswunschzettel wurden geschrieben und auf verschiedenen Fensterbänken ausgelegt. Weihnachtseinkäufe getätigt, heimlich in Geschenkpapier verpackt und versteckt. Gudrun wünschte sich den heiligen Abend bzw. die Bescherung für Janni im Vinnbusch, denn eigentlich war es Tradition, den heiligen Abend ab 18 Uhr mit der gesamten Familie zu feiern. Ich musste an Heiligabend erst bis 15 Uhr arbeiten, danach wollten wir dann erst in unserem Vinnbusch die Lichter von unserem Tannenbaum anzünden, bevor wir mit der ganzen Familie feierten. Am Vorabend plumpsten wir erschöpft auf die Couch. „Jetzt ist alles vorbereitet" seufzte Gudrun erleichtert. „Aber wir müssen doch noch den Tannenbaum schmücken" erwiderte ich. Gudrun starrte mich fassungslos an. „Oh, Gott! Der Tannenbaum, ich habe vergessen, einen zu kaufen. Oh nein, das darf nicht wahr sein." Wir beratschlagten einige Zeit, was zu tun wäre, dann schauten wir nach, ob Janni schlief – ja, tief und fest, wir holten eine Zange und Arbeitshandschuhe aus der Werkzeugkiste, sprangen in das Auto und standen nach knappen sieben Minuten samt einem wunderbaren Tannenbaum wieder im Wohnzimmer. „Na, der sieht doch prächtig aus" strahlte

Gudrun stolz. „Tja gewusst wie und wo" ergänzte ich munter und mit einem Gläschen Jagdstolz schmückten wir unseren Baum.

Am nächsten Tag, Heiligabend nach unserer privaten Bescherung am Vinnbusch, war es ja wie gesagt Tradition, mit der gesamten Familie zu feiern. In früheren Zeiten fand das Fest immer bei unseren Eltern statt, doch seit einigen Jahren fanden wir uns immer alle bei unserem Bruder Rainer, seiner Frau Karin und den Töchtern Nina und Jenny ein.

Karins Mutter, Oma Lotte, war auch da, dann natürlich unsere Eltern und wir, Schwester Fürchterlich und Schwester Lästig und Janni. Wir feierten Weihnachten anfangs immer beschaulich und feierlich, doch später wurde es immer fröhlich und lustig. Alle waren festlich gekleidet und Karin hatte das große Haus festlich geschmückt. In der Wohnzimmermitte funkelte und leuchtete der große Weihnachtsbaum, darunter lagen jede Menge Geschenke, daneben festlich eingedeckt, mit Kerzen, Silberbesteck, blitzenden Tellern und Gläsern, der riesige Esstisch. Es gab immer ein ordentliches Chaos, wenn wir nun alle noch mit unseren Weihnachtspäckchen, die auch noch unter dem Tannenbaum verteilt werden mussten, eintrudelten. Mit Sektgläsern versehen ging es auch gleich zu unserem Hauptthema über – unser traditionelles Weihnachtsessen, das schlesische Weihnachtsessen. Das Rezept hatte unser Vater aus seiner Heimat mitgebracht. So lange ich denken kann, gab es an Heiligabend dieses Essen und ohne es wäre es für uns alle kein richtiges Weihnachtsfest. Ganz früher hatte unsere Uroma dieses Essen noch immer zubereitet und dann das Rezept unserer Mutter aufgeschrieben, in altdeutscher Sütterlinschrift und jedes Jahr wird es nun aus der Schublade geholt und danach gekocht. Das Papier ist schon ganz bekleckert und komplett vergilbt, aber es wird in Ehren gehalten und irgendwann bekommt einer von uns einmal Uromas handgeschriebenes schlesisches Weihnachtsrezept. Inzwischen hatte auch Karin die Zubereitung mit Hilfe unserer Mutter erlernt, nur Gudrun und ich hatten es noch nie zubereitet – wir wurden ja auch immer nur eingeladen. Ja und worauf wir uns alle so freuten, das war eine schlesische Pfefferkuchensoße mit ebenso schlesischen Weißwürstchen, dazu aß man Sauerkraut und ein kräftiges Brot, am besten Roggenbrot. Die Pfefferkuchensoße wird mit Lebkuchen und Wasser zu einem dicken Brei verkocht, dann kommen Gewürze hinzu, Rübenkraut, Dunkelbier und etwas Zitronensaft. Dann gibt man noch Rosinen und Mandelstifte dazu – hmmh.... Die Weißwürstchen müssen extra bei einem schlesischen Metzger bestellt werden, das besorgt immer unser Vater. Die Würstchen sind aus zartem Kalbfleisch, innen rosa und außen weiß und ganz weich, sie werden in heißem Wasser gesiedet und man muss höllisch aufpassen, denn sie platzen ganz schnell. Das Brot wird über den Teller gebrockt, darüber kommt die Pfefferkuchensoße und daneben kommen das Sauerkraut und die Weißwurst. Ist das ein Genuss.... Lecker.... aber leider oder deswegen nur einmal im Jahr.

Gemütlich tranken wir unseren Sekt, unsere Mutter hatte den obligatorischen selbst gebackenen, schlesischen Mohnstrudel in Stücke geschnitten und reichte ihn umher. Wir diskutierten und überboten uns mit der Vorstellung, wie viele Weißwürste jeder essen wollte. Das war ein traditioneller Wettspaß, besonders bei den Männern, denn Onkel Norbert, der Bruder unseres Vaters, hatte es einmal auf immerhin zwölf bis fünfzehn gebracht, wir Frauen aßen meist nur zwei bis drei, daher telefonierte Vater vor der Weißwurstbestellung immer die ganze Familie ab, um die Bestellmenge zu erfahren. War waren meist so zwölf bis fünfzehn Personen, da kann man sich gut die Berge vorstellen, die dann bestellt werden mussten, dazu kamen immer noch zehn Würste extra, es konnte ja noch Besuch kommen oder einer seinen eigenen Rekord brechen. Mitten in dieser Diskussion schlug sich Vater plötzlich mit der flachen Hand gegen die Stirn und rief entsetzt: "Die Würstchen, ich habe die Würstchen zu Hause liegen lassen". Wir lachten alle, denn wir dachten, er wolle uns veralbern, aber nein, es war wirklich so, also Bruder

Rainer und Vater ab ins Auto und die Würstchen holen. Nein, also, dass gerade er die Würstchen vergaß.... Karin stellte wie jedes Jahr die entscheidende Frage: "Erst Essen oder erst Bescherung?" Nach einigem hin und her, einigem Erörtern und Abwägen, siegte wie jedes Jahr die Bescherung. War ja eigentlich klar. Dazu musste dann die passende Weihnachts-CD gesucht werden, wie jedes Jahr, die merkwürdiger Weise erst dann auftauchte, wenn wirklich alle CDs durchgesucht waren. Dann kamen Nina und Jenny und trugen Gedichte vor oder spielten auf der Orgel Weihnachtslieder und wir sangen dazu. Jenny nahm ihren Vortrag immer sehr ernst und wenn sie sich beim Spielen eines Liedes vertat, konnte sie herzzerreißend darüber weinen. Janni sagte auch ein Gedicht auf, aber meist nur eines, oder er spielte Blockflöte bzw. versuchte zu spielen und wir alberten herum, wir warteten bis er seinen ersten Ton blasen wollte und alberten genau in diesem Moment herum, so dass er auch lachen musste und nur ein jämmerliches „Phüüht" kam. „So Janni jetzt spiel, wir machen auch keinen Unsinn mehr". Aber jedes Mal beim Flöte ansetzen musste er wieder lachen und wir auch und es gab nur Phüüüht – Phüüht – Töne. Der Lachkoller hatte ihn übermannt.

Die Bescherung sorgte für großen Wirbel und alle sagten: "Nächstes Jahr machen wir es aber gesitteter". Auch ein Vorsatz, der jedes Jahr wiederholt wurde und eigentlich zwecklos war. Dann war unser herrliches Weihnachtsessen fertig und wir schmausten mit Vergnügen. Unser Vater schaffte diesmal sechs Stück und Bruder Rainer ungeschlagen acht Stück. Dann kam auch das sich jährliche wiederholende Gespräch über das Weihnachtsessen auf, wer wo die Würstchen kauft und welche wo warum besser schmecken, natürlich wurde auch, wie seit Jahren, die übliche Frage an mich gestellt: „Isst Kallis Familie nicht auch diese Würstchen?" Ich lakonisch: „Ja, gebraten". „Wie gebraten?" Ja einfach gebraten, weil die doch auch die Soße anders machen!!" ich schon etwas genervt. „Ach ja" riefen nun einige „die machen die Soße doch nicht so süß wie wir sondern mit

Zwiebeln". „Nein, mit Sellerie und dazu gibt's Kartoffeln" ich schon total pampig, weil jedes Jahr aufs neue – das gleiche Gespräch. Man könnte schon die Uhr danach stellen. Stille, wegen meinem gereizten Ton, dann aber doch noch einige Stimmen: "Hmhh, mit Sellerie und Kartoffeln, ob das so schmeckt? Bestimmt nicht so, wie bei uns " Die Kinder kicherten schon und rempelten sich gegenseitig an, riefen dann aber Gott sei Dank: „Aber jetzt noch die Tiere" und wir machten uns auf in den Spiel/Katzen/Ziegenstall am Ende des Gartens. Die zierliche schwarze Polly und der große grau-weiße Dicky waren die ältesten Katzen, dann gab es noch einige Katzenkinder und natürlich in ihrer Box Ziege „Lisbeth". Alle bekamen Leckerchen und wurden beschmust. Danach saßen wir wieder in gemütlicher Runde bei einem Gläschen oder mehreren Gläschen Wein im Haus, erzählten, lachten und oft wurde es 2 oder 3 Uhr in der Nacht, bis wir alle frohgelaunt nach Hause fuhren.

Den ersten Weihnachtstag verbrachten wir zu Hause am Vinnbusch, frühstückten ausgiebig in Schlafanzügen, um danach schon aufgeregt in die Küche zu laufen und unsere Weihnachtspute vorzubereiten und in den Backofen zu schieben. Denn das war in unserer Familie auch Tradition: Pute kross gebacken, Rotkohl, Klöße und als Dessert Rotweincreme. Nur dass wir das nicht mittags aßen, sondern aus Zeitgründen abends. Als ich Tage später einer Kundin erzählte, dass wir, zwei Frauen und ein kleines Kind, am ersten Weihnachtsabend eine ganze, große Pute, 800 Gramm Rotkohl und sieben Kartoffelklöße verputzt haben, fiel sie vor Lachen fast aus dem Kosmetikstuhl. „Und zum Abschluss noch Rotweincreme mit Schlagsahne" ergänzte ich triumphierend.

Sylvester

Unser Sylvester feierten wir in der Stadt, aber irgendwie kam bei uns keine Feierlaune auf. Sonst hatten wir immer viel zu lachen, wenn wir zusammen in die Stadt gingen, aber heute... so gewollt, gemusst, Mh. Irgendwie ist Sylvester doof. Spaß kam bei mir nur auf, als Gitta zum Büfett ging und mit Austern zurückkam und ich ihr Gesicht beim Probieren der Austern beobachtete. „Bah, wie alter Dosenfisch" schüttelte sie sich. Wir aßen uns noch ein bisschen durch das Buffet und beschlossen, dann nach Hause zu gehen. Zu Hause angekommen, setzten wir uns mit einem Gläschen Wein noch an den Esstisch und erzählten ein bisschen. Plötzlich schrie Gitta panisch auf und zeigte auf das Fenster. Da starrte ein weißes, grinsendes Gesicht herein. Vor Schreck zuckte ich zusammen. „Ach, ist doch nur der Nachbar-Lars" sagten wir erleichtert. Er machte Zeichen, ob er nicht rein kommen könne. „Ja, ja" nickten wir und öffneten ihm die Türe. Kaum saß er und war mit Getränken versorgt, klopfte es erneut am Fenster. Erschrocken hielt ich meine Hand auf mein Herz, nur Jürgen und Mariann. „Hier kriege ich noch einen Herzkasper" sagte ich zu Gitta und öffnete den Nachbarn die Türe. "Ja wir waren auf einer Feier und sind jetzt auf dem Nachhauseweg, da haben wir gedacht, wir trinken bei euch noch einen „Absacker". Aus dem einen Absacker wurden etliche. Wir Weiber quasselten und gackerten wie die Hühner, Themen wurden aufgeworfen und wieder verworfen. Alle redeten durcheinander. Jürgen kam irgendwie nicht mehr mit, mit unseren Themen, die wir ständig und abrupt änderten und mit unserer Trinkfreudigkeit konnte er wohl auch nicht mehr mithalten, gähnte hinter vorgehaltener Hand, rülpste kurz und verabschiedete sich dann von uns „Ich geh schon mal rüber" „Ja, tschüß" sagten wir, ohne uns umzudrehen oder ihn großartig zu beachten, zu vertieft waren wir in unseren Gesprächen. Mariann lachte auffällig oft, viel und laut, wenn Lars etwas zum Besten gab. Na? Irgendwann in den frühen Morgenstunden, ich war kurz im Badezimmer und kam zurück ins Wohnzimmer, saß Gitta dort alleine. „Nanu – was ist?" fragte ich „ wo sind sie hin?".

„Waren müde, sind jetzt nach Hause gegangen" sagte Gitta gähnend „uuh, jetzt bin ich aber auch kaputt, gehe jetzt ins Bett. Guts Nächtle". „Guts Nächtle" gab ich zurück und ging in mein Zimmer, kuschelte mich in mein warmes Bett und nickerte, kaum dass ich den Kopf auf dem Kissen hatte ein. Wach wurde ich durch lautes Sturm-Geklingel an der Haustüre und Falcos wütendes Gebell.

„Was denn jetzt" brummte ich verschlafen und schlecht gelaunt, im Flur traf ich auf Gitta, die auch auf dem Weg zur Türe war. Verschlafen schauten wir uns an. Vor der Türe stand Jürgen, wo denn seine Frau wäre, wollte er von uns wissen. Fragend sahen Gitta und ich uns an. „ Ja, die ist doch weg" sagten wir. „Wo, wann?" wollte Jürgen wissen, schließlich sei es doch schon fast 7 Uhr und jetzt müsse doch mal seine Frau nach Hause kommen. „Nein, die ist schon weg, schon lange" protestierten wir. „Weg, nach Hause, raus, gleich zusammen mit La...????" Ach du grüne Neune, jetzt erst begriffen wir, Jürgen auch, käse-weiß und wortlos drehte er sich um, ging über die Straße nach Albersmeyer, um dort mit vor Wut zitternden Händen zu klingeln, es öffnete keiner. Jürgen drehte sich um und ging in sein Haus, die Türe ließ er offen, so war uns klar, dass er gleich wieder kommen würde. Vor Kälte zitternd standen wir mit unseren Nachthemden im Flur, verschlafen, verwundert, ungläubig. Jürgen kam mit einigen Feuerwerksknallern aus dem Haus zurück, zündete sie an und warf sie bei Albersmeyer in den Haustürbriefkasten. Schnell schlossen wir unsere Türe, da krachte es auch schon, es gab einige gewaltige Knaller und schon hörte man auf der Straße Geschrei und Gezeter: Jürgen, Albersmeyer, Frau Albersmeyer, Lars und ... Mariann...!!!

Wir grinsten uns an, die Mariann, die hat vielleicht Nerven, wir paar Leutchen hier am Vinnbusch, aber Aufregung, wie in der besten Seifenoper, dann huschten wir (wir zumindest) wieder jeder in sein eigenes Bett. „Sachen gibt´s" dachte ich beim Einschlafen „unglaublich, da bin ich doch mal gespannt, was das neue Jahr uns bringt."

Der Humor entsteht, wenn die Vernunft nicht im Gleichgewicht mit den Dingen ist. (Goethe)

Rezepte: van der Linde Gewürzhändel
Rainer Kaschel
www.vanderlinde.de